映象中国

[英] 李通和 绘　詹红丹 译
[英] 威廉·萨默塞特·毛姆 著

北方联合出版传媒(集团)股份有限公司
万卷出版公司 VOLUMES PUBLISHING COMPANY

目　录

contents

001　幕　启

004　女主人的客厅

007　蒙古首领

009　流浪者

013　内阁部长

017　宴　会

023　天　坛

025　上帝的仆人

029　客　栈

033　小阁楼

036　恐　惧

044　画

046　女王陛下的代表

049　鸦片烟馆

051　最后的机会

053　修　女

055　亨德森

060　黎　明

063　名誉攸关

067　负重如畜

070　麦卡利斯特医生

075　路

079　上帝的真理

083　浪　漫

088　崇高的风格

092　雨

097　沙利文

100　餐　厅

104　长　城

106　领　事

113　小伙子

115　范宁夫妇

120　江中号子

122　幻　境

125 陌生人

131 民主精神

135 基督复临派宣讲师

138 哲学家

151 女传教士

155 一局台球

158 船　长

161 城镇景象

167 黄　昏

169 正常的人

175 老　人

179 原　野

182　失败者

185　戏剧学者

191　大　班

202　报　应

204　残　片

209　出类拔萃

212　老船长

219　疑　问

221　汉学家

223　副领事

228　山　城

233　祭　神

幕　启

　　映入眼帘的是一排直通城门口的茅舍，用土坯砌成，倾颓破旧，让人觉得仿佛一阵风吹过，它们就能倒入大地，变回原来的样子。一排骆驼，负载着沉重的货物，一步一步从你身边经过。它们流露出一种轻蔑的神气，就和投机商人被迫在远不如他们富有的人中穿行的感觉一样。一小堆身着破旧蓝褂子的人聚集在城门口，随着一个戴瓜皮小帽的年轻人骑着蒙古小马飞驰而来，这些人便散开了。一帮孩子追赶着一条瘸了腿的小狗，还向它投掷土块。两位矮胖的先生身着黑色丝织提花长袍和缎子小夹袄，站在那里闲聊。每人手里都拿着一根细细的木棍，上面栖息着一只用绳子拴住腿的小鸟。他们是带着各自的爱宠出来放风的，互相客气地品评。两只小鸟不时地振翅欲飞，可很快又被绳子拉回了曾站立的棍子上。此时这两位中国先生便露出微笑，目光温柔地注视着它们。一群粗鲁的男孩声音尖锐而轻蔑地冲着一个外国人嚷嚷。濒于坍塌、古老而又有着雉堞的城墙看上去就像一张古画里十字军占领下的巴勒斯坦城垣一样。

穿过城门是一条狭窄的街道，街道两侧布满了店铺。许多店面都有红色和金色组成的精美的格子货架，精致的雕刻显现出一种特殊的、带有衰败感的华丽，使你不禁浮想到在那些深暗的格子里，售卖的是传说中的东方那些琳琅满目的货品。高低不平又狭窄的人行道上人头攒动，深径曲巷中亦是如此；苦力们背负着沉重的货物，用急促而尖厉的声音叫喊着让人们让路。小贩们扯着嗓门叫卖着他们的货品。

此时，一匹毛色光鲜的骡子，正踏着沉重的步伐拉着一辆两轮马车。车棚是亮蓝色的，巨大的车轮上镶嵌了一圈铆钉。赶车的车夫坐在一侧的车辕上，悬空的双腿微微晃动。正值黄昏时分，在一座寺庙那陡峭而又奇异的黄色屋顶的后面，夕阳把天际晕染成了红色。马车前面的遮帘被放了下来，静静地从你身边驶过，使你不禁想知道坐在里面翘着二郎腿的人是谁。可能是一位鸿儒硕学，应邀去拜访一位朋友，倾心地互致敬仰之情，一起追忆那一去不复返的唐宋盛世；也可能是一位歌女，身着上等丝绸制成的衣服，衣服上有着华丽的刺绣，乌黑的秀发上簪了一块翠玉，她还得和那些风流倜傥的公子哥儿们优雅地对答。马车消失在越来越浓的夜色中，似乎承载着东方所有的神秘。

女主人的客厅

她说："我真觉得我得把这里改造一番。"

她迅速地把房间扫视了一圈，灵光一现的创意使得她两眼放光。

这房子原本是城里一座古老的小庙，传说是三百年前信徒们为一位高僧所建。她买下来，将其改造成可以居住的屋子。那位高僧在这里怀着无限虔诚的心，历经无数苦行，度过了他的风烛残年。长久以来由于人们对他的美德不断诵念，对他的信仰便成了膜拜。但随着时光的流逝，寺庙渐趋衰落，最后连仅有的两三个和尚也不得不离开了。屋顶的青瓦历经风吹雨打，现已杂草丛生。层叠的天花板上那朱红的油漆与上面的金龙虽已褪去颜色，却仍不失美感。可惜她不喜欢深色的屋顶，索性就用一块帆布绷在上面，并贴上了一层纸。由于通风采光的需要，她在一侧的墙上开了两扇大窗。窗帘是蓝色的，尺寸也正合适。蓝色是她最喜爱的颜色，那正是她眼睛的色彩。红色的粗大圆柱让她感觉有些压抑，她便在上面糊了一层漂亮的墙纸，反正她也要用这些墙纸糊上四壁，这些墙纸肯定不是中国产的。纸张是从当地的店铺里买来的，却极有可能是桑德森公司的货。那漂亮的粉色条纹使得这地方立刻赏心悦目起来。房间的后壁有一个凹槽，里面放置着一张很大的漆面香案，其后供奉着一尊入定的佛像。历代的信徒在这里烧香拜佛，有的人祈求今生的平安喜乐，有的人祈求解脱尘世的烦恼；而对她来说，这里却是放置一个美国火炉的绝佳场所。地毯是在本地买的，但经她精心挑选后，让人很难辨别出它和英国艾克斯敏斯特地毯[①]有什么差别。当然，这是手工制作的地毯，远不及英国货那么光滑，也算是件非常体面的替代品了。她还设法从一名离开中国去罗马任职的公使那里买了一套非常精美的家具，并用上海买来的好看的亮色印花棉布做成了套子。庆幸的是她有很多画、婚礼的礼品和自己买的一些东西，她很有艺术眼光，这使得房间看上去格外舒适。她还需要一架屏风，但在这

---

① 英国艾克斯敏斯特地毯：一种以黄麻为底的羊毛织花地毯。

里是买不到英国屏风的，所以她不得不买了个中国式的，为此她俏皮地说：若是在英国有个中国屏风，那是相当不错了。她还有很多镶着银框的照片，其中一张是石勒苏益格 – 荷尔斯泰因公主 [①]，还有一张是瑞典女王，两张照片上都有签名，她将其放置在三角钢琴上，这使得房间充满了人气。于是，大功告成，她心满意足地打量着自己的成果。

　　她说："显然，这看上去并不符合一间伦敦房间的水平，但比起英国其他地方的好房子，比如切尔滕纳姆，或是坦布里奇韦尔斯，倒绰绰有余了。"

---

① 　石勒苏益格 – 荷尔斯泰因是德国 16 个州中最北面的一个州，其州府为基尔。

蒙古首领

　　天知道他来自什么秘不可及的地方。沿着逶迤的羊肠小道从蒙古高原策马而下，那是群山环抱之地，碎石遍野、土壤贫瘠、人迹罕至，犹如一道不可逾越的屏障。随即他驱驰而下通过了守卫关卡隘口的庙宇，直至来到了通往中国内陆的古老河床。河床被周围的山麓环绕，朝霞初升，河床中映出一道道暗影；千百年来，不计其数的车来人往在碎石遍布的河床上踩压出了一条崎岖不平的道路。空气清冷，天空蔚蓝。从晨光熹微到日落西山，这里终年川流不止、商队不断，其中驮着砖茶的驼队正赶往七百英里^①外

---

① 英里：1 英里 ≈ 1.6 公里

的库伦①，从那里直到西伯利亚；也有排成一队的由温驯的
阉牛拉着的四轮货车，三三两两的健壮小马拉着的二轮货
车紧随其后；而当他们返回时，又变成了驮着皮毛的骆驼
商队，还有浩浩荡荡的四轮货车驶向中国，进入北京市场。
不时有马群经过，接着是羊群。但他的目光并没有停留在
这瞬息万变的场景上，他显然并不在意这路上还有其他的
行旅。他有六七个随从同行，各个风尘仆仆，马队也精疲
力竭，但他们却保持着勇悍的神气，缓缓而行，松散相随。
他一身黑色丝绸打扮，将裤腿塞进脚尖翘起的长筒马靴内，
头戴蒙古高筒貂皮帽，挺直腰板，骄傲地骑在随从们的前
面。当他策马飞奔时，目光坚定、昂首而行，仿佛幻想自
己跟随先祖正沿此路飞驰而下，策马进入中国肥沃的平原，
在那里有很多富饶的城市等着他们去掠夺。

① 库伦：蒙古国首都乌兰巴托的旧称，蒙古语为"大寺院"的
意思。

流浪者

　　在见到他之前我就听说了他那不同寻常的故事，因此就期待他也有引人注目的外貌。我总觉得经历非凡的人其外表也一定超乎寻常。但我看到的他，却是一个外表上毫无过人之处的人。身材比一般人还矮小，有些瘦弱，晒得黝黑的皮肤，眼睛是棕色的，还没到三十岁，头发就开始花白了。他和普通人没什么不同，你可能要见过他五六回才能记住。如果你恰巧在一家商店的柜台后面或者在某个商行的板凳上见到他，你会觉得那对他来说太正常不过了，然而你并不会注意到他，就像你不会去留意柜台和板凳一样。他平淡无奇，或许正是这种平凡使你产生了兴趣：他的脸充满了空虚无趣，活像满族宫殿里一堵空荡荡的宫墙，墙外满是污秽的街道，而在墙的另一侧，如你所料，那里有彩绘的庭院和雕龙，还有天知道里面过的是什么纷纷攘攘的生活。

他有着非同寻常的浪迹生涯。他是一名兽医的儿子，起初在伦敦警察局法庭做记录员，后来又在一艘驶向布宜诺斯艾利斯的商船上做服务员，并在那里放弃了原来的计划，决定按自己预设的路线横跨南美。从智利的一个港口出发，他登上了南太平洋的马克萨斯群岛，在那里，他和对白人总是彬彬有礼的当地人一起生活了六个月，随后又搭帆船去了塔希提岛①，当上了一艘运送中国劳工的轮船的大副，到达了厦门。

从我遇见他时算起已经九年了，那之后他就一直生活在中国。起初，他为英美烟草公司工作，几年后就厌倦了这种生活，加之掌握了一些汉语，便加入了一家在全国售卖获专利药品的公司。三年的时间，他一个省接一个省地售卖药丸，最后用积攒的八百块大洋再一次开启了他的流浪生活。

这是一段非同寻常的冒险生涯。他的旅程从北京开始，横跨了整个中国，旅途中，他把自己装扮成一个贫穷的中国百姓，背着铺盖卷儿，带着旱烟管和牙刷。他在中国的

---

① 塔希提岛：又译为大溪地，是法属波利尼西亚向风群岛中的最大岛屿，位于南太平洋。这里四季温暖如春、物产丰富。

小客店里住宿，和其他的过路人在拥挤的通铺上睡觉，吃中国菜。单这一点来说就绝非易事。他很少乘坐火车，大部分路途靠的是步行、搭乘牛车或者坐船。他穿越了山西和陕西，行走过狂风怒吼的蒙古高原，甘冒危险在土耳其斯坦的野蛮部落中穿行，与沙漠中的游牧民族生活数月之久，随后又跟着运送砖茶的商队穿越了干旱荒芜的戈壁滩，终于，在四年后花光了最后的一块大洋，再次回到了北京。

他安下心想找份工作，而挣快钱的最好工作就是写东西。一家在中国的英文报纸约请他写一组关于其旅行的游记文章。我猜唯一的困难就是如何从他丰富的经历中筛选了。他了解很多事情，或许英国人中只有他知道这些。那各种各样的事情：离奇有趣的、印象深刻的、可怕吓人的、好玩逗乐的，还有意想不到的。他写了二十四篇文章，我不敢说那些文章都是不值一读的，因为文章中显示出了作者细致而充满同情心的观察，然而他的所有视角都是杂乱无序的，事实上，那不过是艺术创作的原材料而已。这些文章就好像是陆军和海军军需库的目录清单一样，对于充满想象力的人来说是一座宝藏，与其说这是文学创作，还不如说是文学创作的基础。他就如一位野外自然学家般耐心地搜集着无穷无尽的素材，却没有一点归纳概括的能力，那些素材只能等待头脑比他复杂的人去加工提炼了。他所搜集的既不是植物也不是动物，而是人。他的搜集是无可匹敌的，但如何处理这些的知识却是浅薄匮乏的。

当我遇见他之后，我试图去探寻他那丰富多彩的阅历是如何影响他的；然而，即便他是一个充满奇闻逸事又快活友善的人，也愿意说出他所有的所见所闻，我却无法发现他的任何一段冒险深深地触动过他。他所做的稀奇古怪的事情都源于他本身就具有的稀奇古怪的天性。这文明的世界使他厌烦，他极度想远离这让人精疲力竭、层层磨炼的世界。使他着迷的永远是生活中奇异古怪的事情，他有着永不满足的好奇心。但我想他的经历仅仅是肉体上的，并没有转化成灵魂的体验。这或许就是为什么你觉得他平淡无奇。他平凡无奇的外表正映衬出他平淡无奇的灵魂，空空荡荡的城墙背后仍是空空如也。

这就是为什么他手握那么多有趣的东西，却写出了枯燥乏味的文章，因为在写作中，与丰富的素材相比，更重要的是丰富的灵魂。

内阁部长

　　他在一间抬头可见沙地花园的长方形房间接待了我。花园在低矮的灌木环绕下，玫瑰花已经凋谢，参天古树也已落叶飘零，一片荒芜。

　　我被安排在一张方桌前的方凳上坐下，他坐在了我的对面。一位仆人端上来两杯花茶，还有美国香烟。他中等身材，显得很清瘦，有一双纤细优雅的手，透过他的金边眼镜，他用那大而忧郁的黑色眼睛看着我，看上去就像一名学生或是一个梦想家，笑容极为亲切。他穿着一件棕色的缎子长袍，外面套一件黑色丝绸短褂，头上是一顶宽边低顶的毡帽。

　　他笑容可掬地道："因为三百年前的满洲人是骑手，我们中国人也要穿这种袍子，这不奇怪吗？"

我回道："这并不奇怪，若是因为英国人赢得了滑铁卢战役，阁下就得戴圆顶礼帽，那才奇怪呢。"

"你认为我穿成这样是因为这个？"

"我想这显而易见。"

当我觉得细致入微的礼节会耽误他的提问，我便匆匆说了几句话，敷衍了事。

他摘下帽子，盯着它叹息了一声。我开始环顾这间房子，地上铺了一块绿色的布鲁塞尔地毯，上面织着盛大的花朵。沿着一圈墙壁，摆放着雕花精致的红木椅子。墙上的画轴挂着许多年代久远的名家翰墨，与其风格迥然不同的是那些嵌在亮金色画框里的油画，这些画作百分之九十都在英国皇家艺术学院展出过，就连办公桌也是一张美式的可抽拉办公桌。

当他和我谈起中国现况时，显得很忧郁。世界公认的最古老的文明，正在被残忍地摧毁着。那些从欧美回国的学生正在把祖先建造的基业拆毁掉，而他们却拿不出东西来替代。他们并不热爱祖国，既没有信仰，也毫无敬畏可言。一座座寺庙被信徒和僧侣所遗弃，变得破烂不堪，现在它们的精美已荡然无存，只能留在人们的记忆里了。

随后，他用他那清瘦又富有贵族气质的双手一摊，把这个话题放在了一边。他问我是否想看看他的艺术藏品。

我们沿着房间的四周观赏，他向我展示了无价的珍宝瓷器、青铜器和唐代的塑像。其中有一匹从河南古墓里出土的唐三彩陶马，它雍容优美，是极具希腊雕刻般精致造型的作品。

在他办公桌旁的一张大桌子上，放置着不少卷轴。他从中挑选了一卷，手握顶端让我展开。这是一幅群山间云雾缭绕的水墨画，他眼中带笑地看着我欣喜地观赏画作，随后，他又给我看了另一幅画，接下来再下一幅。没过一会儿，我表示不能让他这个大忙人在我身上浪费太多时间，但他仍不肯让我离开，继而拿出一幅又一幅画作。他是一位鉴赏家，饶有兴致地向我介绍了这些画作的流派和年代，还有画就它们的名家那些风雅逸事。

"我希望你能欣赏我的这些藏品，"他说着，指了指墙上挂着的卷轴，"在我这你看到了代表中国最高水平的书画作品。"

"你是不是更喜欢书法作品？"我问道。

"毋庸置疑。书法更为素雅，毫无华而不实之处。不过我非常清楚，一个欧洲人很难理解如此严苛、素雅的艺术。我觉得你们对中国器物的品味有点怪异。"

他拿出了一些画作的册页，我翻看其中，好美的藏品啊！由于他略显戏剧化的天性，他把最珍视的一册放在了最后。那是一系列的小幅花鸟画，粗略几笔就画成了，却极富感染力，那是大自然的感觉，生动又不失平和，让人屏住呼吸。几枝盛放的梅花，秀丽而鲜活，承载着春天所有的魅力。几只小麻雀，竖起羽毛，传达着对生命的脉动和战栗。这是一位伟大的艺术家的杰作。

"美国的行家们也能拿出这样的作品吗?"他带着怜悯的笑容问道。

对我来说，整件事最吊诡的一点就是：我从开始就知道他是个恶棍，腐败不堪、敷衍塞责、不择手段，不达目的誓不罢休。他是一个搜刮高手，用极其卑劣的手段敛夺了大量的财富。他虚伪、残暴、睚眦必报、经常干行贿受贿的勾当。中国衰败到如此令人悲叹的困境，他绝对难逃干系。但是，当他用手拿起一只天青色的小花瓶时，手指微曲，温情迷离，忧郁的目光爱抚般望着它。他的双唇微微张开，仿佛要发出一声满是贪欲的叹息。

宴　会

使馆区

　　中国阿根廷银行的瑞士董事宣告到来了，陪同他的是他那位高大、漂亮的妻子。她大方地展现她的妩媚，让人感觉有些许不安。听说她曾经是一名妓女。一位来得比较早的英国未婚女士（身着橙红色缎子衣服，挂着珍珠饰品）带着淡漠而冰冷的微笑迎接了她。危地马拉的公使和门的内格罗①的代办一起走了进来。这位代办的神态极为惶恐不安，他不知道这是一次正式宴会，以为只是一次小范围的聚餐，一个勋章都没有戴。而危地马拉公使身上却满是

————————

① 门的内格罗：第一次世界大战前为东欧的一个小王国，后来并入南斯拉夫成为行省，后独立，即黑山共和国，位于巴尔干半岛西南部，亚得里亚海东岸。

勋章，星光闪耀！天哪，这该怎么办？这种情绪让他一度觉得这肯定是一次外交事故了。这时候两位穿着丝绸长袍、戴着四角帽子的中国仆人端着鸡尾酒和点心拼盘走过来，才让他的注意力稍微有点转移。随后，一位俄国公主仪态万千地走了进来。她一头白发，身着黑色高领丝绸衣服，看上去就像是维克托里安·萨尔杜①剧中的那位年轻又充满激情，现在只能用钩针编些东西的女主人公。当你和她谈到托尔斯泰或契诃夫，她会极度厌烦，但谈到杰克·伦敦时，她便变得生机勃勃。她向那位英国未婚女士提了一个问题，"为什么你们英国人要写这样愚蠢的跟俄国有关的书呢？"她问道。

虽然已不再年轻，但那未婚女士并没有回答她。

随后，英国公使馆的第一秘书出现了。他把自己的出场弄得像一件非同寻常的事件。他个子很高、秃顶，但举止优雅，穿着讲究。他惊讶却又不失礼貌地看着危地马拉公使身上那些闪闪发光的勋章。门的内格罗的代办夸耀自己是外交使团里最会穿衣服的人，但他不确定英国公使馆的第一秘书是否也这么认为，于是他走到第一秘书跟前，希望第一秘书把对他所穿花边衬衫的看法坦率告诉他。那位英国人夹片金边眼镜放在眼前仔细端详了一会儿，随之

---

① 维克托里安·萨尔杜：法国剧作家。

回敬了几句心口不一的恭维话。到现在所有人都来了，除了那位法国武官的夫人，他们说她总是迟到。

"真受不了她。"瑞士银行家那漂亮的妻子嘟囔道。

最后，大家足足等了半个小时，但她对此却毫不在意，步态轻盈地走了进来。她穿的鞋子鞋跟高得吓人，这显得她特别高，瘦极了，衣服穿得就像什么也没穿。她留着金色短发，皮肤白皙，浓妆艳抹，看上去像是印象主义后期艺术家理念中的忍耐的格里泽尔达 ①，只是她走到哪里都弥漫着浓厚的奇异香气。她向危地马拉公使伸出充满珠光宝气略显消瘦的手，让其行吻手礼，几句玩笑话就使得银行家的妻子顿觉自己过时、土气、臃肿，又随口向英国小姐说了句不合时宜的俏皮话，由于了解到这位法国夫人出身名门，英国小姐的尴尬便减轻了不少，同时一口气喝了三杯鸡尾酒。

主餐端了上来，谈话也在洪亮如连珠炮般的法语和有些吞吞吐吐的英语间交替变化。他们谈到刚从布加勒斯特或利马写信来的某位公使，又谈到觉得克里斯蒂安尼亚 ② 太单调或者华盛顿太奢华的某位参赞夫人。总而言之，身在哪个国家的首府对他们而言都没什么区别，无论在君士坦丁堡、伯尔尼、斯德哥尔摩或北京他们都得一丝不苟地做

---

① 格里泽尔达：中世纪传说中一位顺从而有耐心的女人。

② 克里斯蒂安尼亚：挪威首都奥斯陆的旧称。

同样的事情，决不允许超出外交特权的范围。对于自身的社会影响力，他们总是自我感觉良好，仿佛生活在一个哥白尼从未存在过的世界，对他们来说，太阳和星星都迎逢着围着以他们为中心的地球旋转。

没人知道那位英国女士为什么会在这里，瑞士董事的妻子私下说她绝对是一个德国间谍。她说中国人的处事态度完美无缺，因为慈禧太后就是这样一个人，完美而可爱。在君士坦丁堡，她会让你确信土耳其人都是无瑕的绅士，苏丹的王妃法蒂玛确实美丽可爱，还说着很棒的法语。即便她无家可归，但无论在哪里，只要她的国家在此有一个外交代表，她就算到家了。

英国公使馆的第一秘书认为这次聚会驳杂不纯。他讲的法语比有史以来任何一名法国人更像法国人。他品味极佳，有一种做正确决定的天赋。他只结识正确的人，只读正确的书；他从不赞美任何音乐，除非是他认为应当赞美的；他从不关心任何画作，除非是他认为应当关心的；他在正确的裁缝店里买衣服，只去仅售男子服装的店买衬衫。他讲话时常让人麻木，过不多久，你便希望他能供出个爱好或者有一点点庸俗的东西：例如出于大胆的秉性，宣称《灵魂的觉醒》①是件艺术品，或者声称《玫瑰经》是部杰作，都

---

① 《灵魂的觉醒》：德国哲学家斯坦纳的一部剧作。

会使你觉得轻松。但他的品味完美无缺。他无可挑剔，甚至会让人担心他又知道了什么，因为在他平静的脸上有一种承受重担的神情，然而当你发现他还写自由诗，便可以松口气了。

通商口岸

这样奢华的宴会布置在英国的餐桌上已经看不见了。红木餐桌上摆放着叮当作响的银质餐具。雪白的织花台布中间是一块黄色的丝绸垫布，是那种你在青春年少时从集市上无法遏抑地买下来的东西，在它上面是一个桌布饰架。高高的银瓶里插着大束菊花，使你只能从缝隙瞥见坐对面的人，高高的银烛台略显骄傲地成对昂首挺立在桌边。每一道菜都有与之相搭的酒，雪利酒配汤，鱼和白葡萄酒一起上。主菜有两道，一道是白色的，一道是棕色的。关于这些，百分之九十的细心主妇都会觉得对于一次正式晚餐必不可少。

他们谈话内容的变换或许比菜品还要少，因为主客在那些难耐的岁月里几乎天天见面，每个话题一经提出就被紧抓不放聊个够，接着便无话可说，随之而来的便是可怕的沉默。他们谈论赛马、高尔夫球和打猎，抽象的话题不被认可，也没有什么政治话题供他们讨论。就连中国也使他们厌烦透了，不想再提，所知也仅是跟业务相关的一点点的事情，他们用疑惑的眼光看待任何学习中国话的人。除非他是个传教士或是公使馆的中文秘书，不然他为什么要学中文呢？众所周知，雇一个翻译每月只需二十五大洋。所有到这儿学中文的家伙脑袋看起来都有问题，但他们又都举足轻重。其中有怡和洋行的头号人物和他的妻子、汇丰银行的经理和他的妻子、亚洲石油公司的官员、英国烟草公司的头头和美国百力通公司的人员和家属，等等。他们身着晚礼服，颇有些不自在，好像仅是为国尽力而穿，而不是为了舒适才换掉了白天的服装。他们来参加宴会是因为在这世界上没什么别的事可做了，当他们体面地告辞离开，才松了口气。他们互相之间厌烦得要死。

天　坛

　　它矗立于天空之下，圆形的汉白玉三层台阶一层比一层高，东西南北四个方向均有大理石阶梯通向顶端。这象征着中心与四方。天坛的周围环绕着花园，而花园又被高墙所围绕，年复一年，在冬至的夜晚，这个代表新的一年周而复始时刻，历朝天子均会来到这里对祖先庄严地顶礼膜拜。皇帝先是由亲王、大臣和侍卫陪同护送，斋戒沐浴后登上天坛。亲王、大臣和各级官吏按部就班地在他们等级规定的范围内站立恭候皇帝，乐工和舞姬表演仪式性舞蹈，在众多巨大的火炬昏黄的光亮映衬下，官员们的朝服暗暗闪光。在雕刻着"昊天在上"的碑位前，皇帝献上麝香、玉帛、珍馐和佳酿，随后行三跪九叩之礼，叩首时额头要直抵大理石地面。

　　就在这主宰乾坤的天子叩首之地，威拉德·B.昂特迈耶用一手精美的粗体字写下了他的名字，以及他家乡的州和镇：黑斯廷斯、内布拉斯加。这是由于他听了些传闻，便试图把他稍纵即逝的人生附着于这神圣的地方以作纪念。他觉得那样就算他不在人世人们还会记住他。他用这种稚嫩的方式追求永恒，显然是徒劳的。他刚一走下台阶，就有一个斜倚着栏杆、悠闲地望着蓝天的中国看守走上前来，冲着威拉德·B.昂特迈耶写名字的地方灵巧地吐了口唾沫，用鞋碾着唾沫蹭了几脚。没过一会儿，威拉德·B.昂特迈耶到此一游的痕迹就了然无踪了。

上帝的仆人

　　两位传教士并排而坐，聊着稀松平常的琐事，人们在没有共同话题又不想失掉礼貌时，就用这种方式说话。他们惊讶于彼此间共有的值得钦佩的性格特点：友善且谦逊。或许这位英国人更审慎一<u>些</u>，与那位法国人相比便显得做作而不自然了。另外，他们之间的反差甚是滑稽有趣。这位法国人年近八十，高个子，腰板笔挺，他粗大的骨骼显示其年轻时有着非凡的力量，如今那力量只能显现在他那双大得不得了的眼睛里，使你不得不注意他那闪耀着光芒的奇怪眼神。"闪耀"一词经常用于形容眼睛，但我实在找不出别的更合适的词儿了，那感觉就像有一团火焰真的在那双眼睛里面，时刻会射出光来，不时流露出的狂野，很难让人觉得他是个理智的人，那是一双犹太先知的眼睛。他的鼻子大且直，下巴方而结实，看起来很难与他开玩笑，年轻时一定更可怕。他的眼里充满激情，预示着他内心最深处似乎有场恒久的战斗，战斗中，他的灵魂在大声呼喊，流血、征服，直到取得胜利，即使伤口未愈他也狂喜不已，心甘情愿把这伤口供奉给全能的上帝。此刻他感到寒冷入骨，便裹上了类似军呢大衣般的长外套，头上戴了顶中国式的黑色貂皮帽子。他健壮伟岸，在中国生活已有半个世纪了，当中国人攻击他的教会时，他曾三次死里逃生。

他笑着说："我相信他们会再来攻击，但我已经老了，没法毫无顾忌地匆忙上路了。"他耸耸肩，"我要做个殉道者。"说着点燃了一根长雪茄，心满意足地喷出了一口烟雾。

另一个教士比他年轻得多，可能还不到五十岁，来中国也不超过二十年。他是英国圣公会的成员，身着一套灰色粗花呢西服，打一条斑点领带，尽可能使自己看上去不像一个教士。他要比常人高些，可惜太胖了，看上去又矮又粗。他长着一张和善的娃娃脸，绯红的面颊，还有像板刷一样的灰色胡须。他谢顶很严重，但出于可以理解和同情的虚荣心，他把一边的头发留得很长，梳到另一边盖过头皮，这样会使他觉得自己的秃顶无论何时都盖得好好的了。他天性乐观，总是由衷地笑，当他打趣朋友或被朋友打趣时，他的笑声会更响亮，坦诚又真挚。他有着孩童一般的幽默，不难想象当有人踩到橘子皮滑了一下时，他会笑得浑身颤抖，但笑声停止，他会脸红，会猛然想到那个滑倒的人可能会受伤，便充满了友善和同情。和他在一起十分钟还没认识到他柔软善良的心灵是不可能的。你会觉得请他做任何事情他若不愿意也是不可能的，可能开始时他的真心诚意很难达到你的心理预期，但在随后的实际交往中，他的关心、同情和好念总会打动你。他散尽钱财周济穷人，他的时间也总被帮助他人占用。然而，在拯救他人灵魂方面，他的帮助就收效甚微，这么说也许不公平，因为尽管他没有像法国人那样，用毋庸置疑的教会权威和苦行僧般的热忱向你布道，但他会用最真诚的同情去分担你的痛苦，安慰着你，这可能更像一个迟疑、怯懦，和你一样有血有肉的人，而不是一个上帝的牧师。他试图和你分享希望，宽慰你的同时他自己的灵魂也得到了重生，他正在用他自己的方式把美好的东西贡献出来。

他的经历颇不寻常，当过兵，喜欢谈论往昔与猎狐俱乐部成员一起打猎、在伦敦节庆日里跳舞的故事。他对过去的罪[①]并无不适。

"我年轻的时候舞跳得很棒，"他说，"不过如今的新式舞，让我觉得自己落伍了。"

---

① 过去的罪：基督教认为人生来带有"原罪"，战争、狩猎均在此列。

生命既在，好日子总会到来。对于过往的好时光他毫无留恋，而当下的困苦也没让他有懊悔之意。神旨在他穿行印度时到来，毫无预兆，它就是来了。他不知道该怎么做，但一种突然其来的感觉告诉他：必须放弃目前的生活，带领那些异教徒去信仰基督。这种感觉无法抗拒，也使他无法平静。好在现在他是个快乐的人了，做着自己喜欢的工作。

　　"这里的工作进展缓慢，"他说，"但我看到发展的希望，我喜欢中国人。我可不会交换这份工作到任何其他国家去。"

　　两位传教士互相道别。

　　"你什么时候回家?"英国人问道。

　　"我? 哦，一两天吧。"

　　"那我可能见不到你了，我打算三月份回家。"

　　然而，一个人说的家是指有着条条狭窄街道的乡村小镇，他在那生活了五十年，从他年轻时离开法国，就已是永别；另一个人说的家是指柴郡的伊丽莎白庄园，有着光滑的草地和树林，他的祖先已经在那里生活了三个世纪。

客　栈

　　夜半阑珊，一个苦力打着灯笼在轿子前面走了一个钟头，随着灯影投下的一圈微弱光亮，若隐若现地你会看见一片片竹林、稻田里泛起的道道水光，或是榕树间漆黑的影子，那感觉就像繁衍不息的生命中突然出现的美妙时刻。时而一个晚归的农民，肩上挑着两只沉重的篮筐，侧身而过。抬轿的人慢了下来，但精神头一点也没丢，在漫长的一天过后他们快乐地聊着天、欢笑着，其中一个人还唱起一段不在调上的歌来。当道路起坡，灯笼的光猛然照射到一堵白灰粉刷过的墙上：你便来到了第一间可怜的房前，这样的房子在城外稀疏散落路旁。过不了三分钟，你会见到些极为陡峭的台阶，轿夫们跑上台阶，你就算进城了。

狭窄的街道旁人流攒动，店铺里的人忙碌依旧。轿夫们粗声粗气地大喊让路，人流逐渐向两边分散开来，你便得以通过像树篱一样密集又充满好奇的人群。人们大都很冷漠，黑黑的眼睛略带神秘地凝视着。轿夫们一整天的活儿接近尾声，摇摇摆摆走了几大步，突然停下来，向右拐了个弯进了一间宅院。客栈已到，轿子终被放下了。

客栈是个狭长的围合院落，其中一部分被遮盖，两侧的房间对着院内敞开。客栈被点燃的三四盏油灯照亮，瞬间在四周投射出昏暗的光，这让周围的黑暗更浓重了。院子前面密密地摆放着几张桌子，吃饭和喝茶的人围坐其旁。有几个人在玩着不知叫什么的游戏。火炉上大锅里的水已经沸腾了很久，大盆里有准备好的米饭，客栈里的伙计站在炉旁，飞快地盛满大碗的米饭、沏满不断送过来的茶壶。稍远一点，两个苦力赤裸上身用热水擦洗身体。他们强壮、结实，又不失柔软。在院子的尽头，面对大门，用一张门帘挡住了众人视线的是高等客房。

这间宽敞、无窗的房间，有踩得很坚实的地面，地势很高，粉刷过的墙壁顶端没有天花板，屋梁露在外边，或许会让你想起苏塞克斯的农舍。屋内的家具包括一张方桌、两把木制太师椅、三四张简陋的木床，上面铺着草席，看起来很干净，你可以马上躺下来睡一觉了。油灯那丁点光亮毕竟有限，伙计便会把灯笼拿给你，随后你就只能等着晚饭做好。轿夫们嬉笑欢乐，卸下了他们的负担，洗了脚，换上了干净的鞋，吸着他们的旱烟管。

此时有一本冗长无比的书该是多么宝贵啊（为了旅途轻便，你限制自己只带三本书），你小心翼翼地去品读每一页的每一个字，以便延长书被读完时那可怕一刻的到来！你不得不感谢那些写大部头的作者，当你翻开厚厚的书页，算计着能用多长时间读完，多么希望这只能读完其中的一半啊！书不用写得清晰明快，那样会读得很快。措词复杂甚至需要读两遍才能明白的句子也可以接受，那莫测高深的隐喻会给予你无际的奇思妙想；那一蕴含丰富的暗示会让你在领悟后倍感快乐。所有这些都有着不可估量的价值。当然，有些书思路清晰，理解毫不费力，那实在是太适合在你天亮就出发，一天徒步四十英里过后阅读了。

客栈里的喧嚣声渐大，你向外张望，见到了更多的旅客，一伙中国人抬轿而入，住进了两侧的房间，透过薄薄的墙壁，你能听到他们大声说话直到深夜。此刻你躺在床上，全身舒服极了，是那种极度疲惫后的放松，伴着懒散、悠闲的眼神，你浏览着门窗上精致的图案。

院子里微弱的灯光透过门楣上糊着的破损纸张，使背光一面复杂的图案更黑了。最后，一切都安静下来了，唯独隔壁的一个男子在痛苦地咳嗽。那是一种痨病特有的反复的咳嗽，整夜不停，你不禁怀疑这可怜的家伙还能活多久，也为自己身强体壮感到高兴。不久后，一只公鸡高声啼鸣，感觉就在你耳旁，不远处，一个号手吹响了喇叭，那长长的爆裂声仿佛一种悲鸣，客店又重新开始骚动起来，灯被点亮，苦力们为新的一天到来准备好了。

小阁楼

　　这是杂货铺角落里的一间小阁楼，就在天花板的下面，用大概四英尺①高的木板隔开，你要踏着像登船口那样的升降梯才能上去，所以当你坐在阁楼边时，能看到店铺里面所有的储藏货品。包括一卷卷绳索、一叠叠油布、渔民穿的笨重的高筒靴、防风灯、火腿、罐头、布匹、各种酒类以及可以带回家给老婆孩子的新奇玩意，还有我叫不上名字的东西。总之，这里有一艘外国船舶在一个东方港口所需要的一切。

　　你会发现店里的中国人，无论售货员或顾客，他们之

---

① 英尺：1 英尺 ≈ 0.3 米

间的气氛愉悦神秘，好像在进行着什么见不得人的交易。若是有朋友走进店铺，便可把他喊到阁楼上来。宽敞的店门外，阳光炙热地暴晒着石板路，苦力们挑着沉重的货物急匆匆往来。晌午时分，几位老友陆续聚集在小阁楼，其中有两三个舵手；汤普森船长和布朗船长，两位都上了年纪，已经在中国航行了三十年，如今安居陆上；从上海来的临时货船的船长；一两个茶叶行的大班。侍者静静地站着等候吩咐，随即拿来了酒和骰子筒。起初，他们聊得寡淡无味：几天前一艘船进入福州时失事了；"安昌"号上的轮机员麦克莱恩打牌赢了一大笔钱；领事的妻子已乘"皇后"号从国内起航。此刻骰子筒已在桌上转了一圈，输家都打了欠条，玻璃杯的酒水早就喝光了，骰子筒再次轮回重新开始。侍者送上了新一轮的酒水。随后，这些冷漠、固执的男人稍稍打开了话匣，开始聊起过往。其中一个舵手甚至见过港口五十年前初建时的面貌，啊，真是美好的流金岁月啊。

"当时你真该来看看这个小阁楼。"他笑着说道。

彼时运茶的快船往来不断，总会有三四十艘停在港口，等待装货。每个人都赚得盆满钵满，小阁楼俨然成了港口的生活中心。假如你想找个人，为什么不去小阁楼呢？他若是不在，要么是他刚走，要么过不多久就会出现了。买办和船长们在此言商，医生会在中午到小阁楼来，谁要是生病了，当时当地就可诊疗。那是一段喝酒的好时光，人们中午来，喝一整个下午，如果饿了，就让侍者送些吃的，他们接着再喝一整个晚上。

鸿运当头或噩运连连，小阁楼总会让赌徒沉迷，一个人可能在一局纸牌中押上之前所有赢过的东西，真是美好的旧时光啊！如今贸易冷清，运茶的快船也不再群集于此，这个港口衰亡了，而那些亚洲石油公司或怡和洋行的年轻人，对小阁楼嗤之以鼻。当舵手们仍在倾诉往昔，似乎有那么一瞬间，这昏暗肮脏、桌子已经褪色的小阁楼里，挤满了那些强壮、鲁莽又勇于冒险的老船长，而那样的日子再也回不来了。

恐　惧

我和他在旅途中住过一晚。

那是一间教堂，坐落于一座人口稠密的都城外的小山上。我注意到的第一件事就是他的品味异乎寻常。传教士的屋子按理往往陈设得极其庄重。客厅感觉从未启用，华丽又俗气的墙纸贴满房间，墙上挂着圣经经文，感伤的雕版画——《灵魂的觉醒》和卢克·菲尔德斯①的《医生》——或者，如果这个传教士在中国待久了，还会挂上写有贺词的卷轴。地板上是一张布鲁塞尔地毯，假如屋主是美国人，还会摆几个摇椅，若是英国人，就会在壁炉两侧放上坚硬

① 卢克·菲尔德斯：19世纪的英国画家。

的扶手椅。地毯旁有一张沙发，摆放的位置让人无从落座，不过就它那讨厌的样式，也不会有人想坐的。窗上挂着花边窗帘。桌子摆放随意，零零散散地分布屋中，上面是几张照片，还有类似于现代瓷器的几样东西。餐厅看起来用得挺勤，但几乎所有空间都被一张大桌子占据，当你在桌边坐下，便会被身后的壁炉卡住。然而温格罗夫先生的书房又是另一番景象，书从地上堆到了天花板，桌上尽是杂乱的文件，窗帘是深绿色的织物，壁炉上方挂有一面西藏的旗子，炉架上则摆着一排西藏佛像。

"我不知道这是怎么一回事，但你的确把这地方弄得有种大学教室的感觉。"我说。

"你这么觉得的吗？"他回答道，"有段时间我曾在奥里尔学院①做指导教师。"

我猜他差不多有五十岁，高个子，壮而不胖，灰色的头发剪得很短，红光满面，让人觉得他必然是个天性活泼喜欢大笑的人，或是一个健谈又和蔼的人，但从他的眼睛完全看不出，那双眼睛暗淡无光、毫无笑意，让你惊慌不安，我只能用"厌烦"来形容了。我甚至觉得自己是不是在他不方便的时候烦扰了他，比如在他的脑袋被各种各样令人心

---

① 奥里尔学院：又名国王学院（King's College），是牛津大学的一个学院，位于英国牛津。它创建于1326年，因位于奥里尔广场而得名。

烦的事困扰的时候，奇怪的是我总觉得这绝非他偶然间的表情，而是一贯如此。他那焦虑的样子看上去就像是得了心脏病。

东拉西扯了一阵子后，他说道：

"听起来是我太太回来了，我们去起居室好吗？"

他领我进入起居室，引荐了一位瘦小的妇人。她戴着金丝边的眼镜，神色腼腆，很显然，她和他属于不同的阶层。大部分传教士有着各种各样的美德，但却没有我们称之为教养的那种特质。他们可能是圣徒，但不经常是绅士。温格罗夫先生显然是一位绅士，因为能看得出他的妻子不属于贵妇。她说话腔调粗俗，起居室的陈设我之前从来未在任何一个传教士的家里见过。地上铺着中国地毯，发黄的墙上挂着水墨山水，两三件明代瓷器炫耀般发出些许光亮。屋子中央摆放着一张红木桌子，雕刻精致，上面还有一尊白瓷人像，我就此随意敷衍了几句。

"我倒不是特别在意这些中国的东西，"女主人轻快地回答道，"但温格罗夫坚持要摆，如果要我说，早就把它们都清走了。"

我笑了一下，倒不是觉得有趣，而是此刻我看到温格罗夫先生的眼里闪过一丝冷冷的恨意。我很震惊，但这眼神稍纵即逝。

"亲爱的，如果你不喜欢它们，我就不放了，"他温柔地说道，"把它们都收起来。"

"哦，他们要能让你高兴，我不介意放在那。"

我们聊起了我的旅行，席间我偶然问起温格罗夫先生有多久没回英国了。

"十七年了。"他说。

我很惊讶。"我原以为每七年你就有一年休假。"

"我有，但我从没想过要休。"

"温格罗夫先生觉得像那样离开一年对工作不好。"他的妻子解释说，"自然，他不回去我也不想回去。"

我很好奇当初他是怎么来到中国的，拜访中的许多细节确实引起了我的注意。你会发现人们总乐于谈论细节，尽管观点的形成所依靠的根据很少是听对方说了什么，更多是来自话里蕴含的言外之意。但显然温格罗夫先生不是那种能直接或间接说出那种私人经历的人。他一直严肃地看待自己的工作。

"这里还有其他的外国人吗?"我问道。

"没有了。"

"那肯定非常寂寞吧，"我说道。

"我宁愿如此，"他望着墙上的一幅画回答道。"其他人更多的是办事员，你知道，"他笑了笑，"他们对教会没什么作用，总是笨笨的，使你从他们中抽身都十分困难。"

"当然了，你知道，我们并不是真的孤单，"温格罗夫先生说道，"我们有两个福音传教士和两个教课的年轻女孩，学校里还有孩子。"

茶送了上来，我们随意地聊着。温格罗夫先生似乎在应付谈话，我越来越感到他烦躁不安的压抑情绪。诚然，他在努力表现得热诚，这使我也有了一种应付的感觉。我把话题引到了牛津，提到了几个可能知道的朋友，但他没有与我继续这个话题的意思。

"我离开家乡这么长时间，"他说道，"几乎与所有人断了联系。教会有相当多的工作得做，这占据了我的全部精力。"

我想他有点言过其实，于是我说道："那倒也是，就凭你有那么多的书，读起来也得占用相当长的时间了。"

"我很少读书，"他直截了当地回答道，那声音已经完全不像他的了。

这些古怪的举动让我困惑。最后，不可避免地，我们谈论起中国人。温格罗夫太太谈的跟其他传教士大同小异，而我已经听过好多遍了。说中国人喜欢说谎、不值得信赖、残酷、肮脏，现在，一道微弱的光终于出现在东方了，尽管此时传教士努力的结果还不明显，但未来是充满希望的。他们不用再相信那些旧日神明，文官的权威也将被打破。一种西方中心主义强化了她的不信任和不喜欢。但温格罗夫先生缓和了他妻子的苛责之语。他详细地描述了中国人的善良，他们对父母的孝敬和对孩子的疼爱。

"温格罗夫先生听不得说中国人一个不字，"他妻子说道，"他实在是太爱他们了。"

"我觉得他们有崇高的品德，"他说道，"你从他们那拥挤的街道上走过，不可能没有那种印象。"

"我觉得温格罗夫先生显然没注意到街中的那些味道。"他的妻子微笑着说道。

这时有人敲门，一个年轻的女子走了进来。她身着长裙，是个没有裹脚的本地基督徒，脸上表现出了畏缩而愠怒的样子，过来跟温格罗夫太太说了些什么。我恰巧看到了温格罗夫先生的脸，当女子出现的时候，他脸上本能地飘过一种极其厌恶的表情，好像被一种臭味恶心到，连脸都变得扭曲了，随后这表情立即消失了，他的嘴角向上一扭，露出愉快的微笑，但他扭动的幅度太大了，看起来尽是痛苦的怪相。我惊奇地看着他。温格罗夫太太说了声"对不起"，便起身离开了。

"她是我们其中一位老师，"温格罗夫先生用他惯有的声音说道，"她是非常宝贵的。在她身上，我寄予了无限的信任。她有非常好的品格。"

一瞬间，鬼知道因为什么，我看到了真相：我看到，所有他意志上所爱的，他灵魂上都厌恶。我激动极了，那感觉就像一个探险者经历了一场毫无目的的冒险后，突然来到了一个全然一新、出乎意料的国家般。他苦恼的双眼不言自明，他不自然的声音、对他人克制有度的赞美，还有那逃犯似的神态都说明了问题。无论他曾说了什么，他实际是憎恨中国人的，这种憎恨让其妻子的那种厌恶显得微不足道。当他走过城市熙熙攘攘的街道，一定痛苦极了。这样的教士生活使他反感，他的灵魂好似苦力磨破的肩膀，扁担在灼烧着流血的伤口。他不回国，是因为他无法忍受再一次见到他所喜欢的一切；他不读那些书，是因为那会使他想起曾热爱的生活；或许他娶个平民女子就是为了把自己与天性中渴望的世界坚决地隔断。他用充满激情的愤怒来折磨他痛苦的灵魂。

　　我试图寻找这种感召从何而来。我想他在牛津的日子必是安逸幸福的，做着喜欢的工作，拥有真挚的友谊和书籍，以及那些在法国和意大利度过的假期。他是个知足的人，或许就要这样度过自己人生剩下的日子，别无他求。但不知是什么模糊的感觉渐渐抓住了他，使他觉得自己过于懒散、太容易满足了。他一定是个虔诚的宗教信徒，那种信念在他童年时期就注入到他的意识里，然而时间一久就忘了，信仰全知全能的上帝是不应该在尘世间获得如此多的快乐的，这让他难以释怀，以至于他开始觉得这是有罪的。一种无休止的焦虑攫住了他。无论他用理智去思考什么，他的本能使他因为害怕末日的审判而颤抖。我无从得知是何力量使他产生了来中国的想法，但起初他一定极其反感，把这想法置之脑后，又或许正是这种极度的反感把这个想法深深印在了脑海里，时刻萦绕心头，难以忘却。他说过他不会去，但他又觉得他应该去。上帝在追逐着他，无论他把自己藏到哪里，上帝都跟随着他。他理智上在挣扎，但内心却被抓住了。他无法控制自己，最终，他屈服了。

我知道以后我们不会再见了，也等不到我们产生一种恰当的亲近感，可以允许我和他谈论更私人的问题，所以，我没有时间浪费在这无关痛痒的问题上，我紧紧抓住了最后与他单独相处的机会。

"告诉我，"我说道，"如果中国人不接受基督教，你相信上帝会判处他们以永恒的惩罚吗？"

我当然知道我的问题是粗鲁又失当的，因为这个老人紧闭他的双唇。但最终他回答了。

"圣经的全部教义必然使人得出这样的结论：没有人能用耶稣基督说过的清晰有力的话语作为论据而得出相反的结论。"

画

　　我不知道他是一名要去省城的高官，还是要去某个高等学府的学者，更不知道是什么原因使他滞留在中国所有糟糕客店中最糟糕的一个。他的轿夫可能藏在某个地方吸鸦片（那一带鸦片很便宜，你必须得为你的苦力给你带来的麻烦做好准备），人早就不见了。或许是一阵倾盆大雨困住了他，使他当了一个小时不情愿的囚徒。

　　房间是如此的低矮以至你轻而易举就能碰触到房椽。土墙上刷着肮脏的白色涂料，磨损颇多。紧挨四壁的木板是为苦力们搭起的稻草床，他们是客店里的常客。太阳似能驱散这令人无法忍受的忧郁的肮脏。一道金色的光从花格子窗户照射进来，映在坚实的泥土地面上，留下一种复杂而壮丽的丰富图案。

　　为了打发这无聊的时间，他拿出了石砚，掺了点水进去，用一块墨在上面磨了片刻，抓了一支能写出漂亮汉字的细毛笔（他确实为自己优美的书法感到自豪，当他把上面写有孔圣人格言的卷轴送给朋友时，那可是个受欢迎的礼物）大胆地在墙上画了一枝梅花，还画上了栖息着的鸟儿，一气呵成，挥洒自如。我不知道是什么幸福的契机引发了这位画家的感触，那鸟儿在颤抖着，栩栩如生，朵朵梅花在枝上颤动，柔和的春风穿透画纸吹进了肮脏的房间，于是，就在你脉搏跳动的这一个瞬间，你感受到了永恒。

女王陛下的代表

　　他是一个不到中等个头的人，有着硬如板刷般的棕色头发、小胡子像牙刷毛一样。他那挑衅的蓝眼睛在镜片里看有点变形，而那目中无人的傲慢劲很容易使你想到一只公麻雀。他请你坐下，问你有什么事要办，与此同时又开始整理桌上杂乱无章的文件，就好像你在他办理重要公务时打扰了他，而他正要找个机会打发你离开。他业已养成的官僚习气此刻展露无疑，而你只是平头百姓，一个避不开的讨厌家伙，你存在的唯一作用就是不容分辩并毫不迟疑地执行他的命令。

　　不过即使是官员也有其自身的弱点，有时不知何故，他会突然觉得要是不向你倾吐委屈和不满，那他办完任何公务都困难重重。而与他接触的传教士，总是觉得他目空一切、盛气凌人。他会使你相信在他认识的传教士中有相当一部分人是好人，更会直言他们中也有许多人不学无术，非常让他讨厌。他的辖区大部分是加拿大人，就个人来说，他不喜欢加拿大人，但要说他因此摆出一副高高在上的神情（他把夹鼻眼镜夹得更紧了）则有失公允，甚至完全相反，他会用毫无官僚做派的方式去援助对方，虽然他完全有理由做得更官方些，而不用考虑他们的意见。他板起脸来说话会让你很难受的，他说的每一个字都使你觉得他一定对其可怜的手下相当恼火。他的态度糟透了，毫不收敛，恣意发泄着无名的肝火，谁都不想遇见他。简言之，他是一个虚荣、易怒、自以为是又令人厌烦的小人。

革命 [1] 期间，敌对双方在城中交战，烽烟四起，而他需要到南方总督处联系办理侨民安全的公事，路过衙门时恰巧遇见三名被押去执行死刑的囚犯。他拦住了行刑的军官，在弄明白他们要做什么后表示出强烈的抗议，在他看来，杀掉战俘是极其残暴的。而那位长官，用这位领事的话说，非常粗鲁地告知他自己必须执行命令。领事火了，他绝不允许一个令人生厌的中国官员用那种方式跟他讲话。一场争吵随之而来，总督很快得知了详情，希望领事能到

---

[1]　指辛亥革命，毛姆游历中国的时间是 1919 年到 1920 年，此时距离革命结束已有 8 年。

他那里去，但领事拒绝了，除非将那三个已吓得面如死灰的囚犯交给他，处于他的保护之下。那军官挥手叫他到一边儿去，并命令他的行刑队瞄准目标。此刻，领事——我能看见他夹紧了鼻子上的眼镜、头发根根竖起——走到并排的步枪和三个可怜的囚犯中间，咒骂着叫那些士兵开枪。这引发了迟疑和骚乱。显然，这些行刑的队员并不想对一个英国领事开枪。他们进行了仓促的协商，将三名囚犯交给了他，于是这位小人物大步流星凯旋而归，回到了领事馆。

"该死的，先生，"他说道，满是怒气，"我差点以为那些讨厌的家伙会厚着脸皮朝我开枪呢。"

英国有很多古怪的人，如果他们的举止和勇气一样值得嘉奖，那么他们就不会显得总是自命不凡了。

鸦片烟馆

舞台布景的布置让人印象深刻：暗淡的灯光，低矮而污浊的房间，一盏灯在角落里一张可怕的画像前诡秘地燃烧，焚起的烟气使带有异国情调的香味充斥着剧院。一个留着长辫子的中国人来回游荡着，冷漠而阴郁，破旧的小床上则躺着一些神志不清的吸食鸦片者，他们中不时有人胡言乱语，还有个可怜的家伙，因为付不起钱满足他的嗜好，便向老板乞求先吸一管鸦片来使自己的痛苦平静下来，瘾君子的恳求伴随老板的咒骂，真是极富戏剧性的场面。同样的场景，我在小说里也读过，这使我不寒而栗。

后来我真的被一个花言巧语的欧亚混血儿带到了鸦片烟馆。他领着我沿狭窄、盘旋的楼梯而上，为我第一次所期待的毛骨悚然的体验安排备至。那是一个十分整洁、灯光明亮的房间，分成了若干小隔间，架高的地板上铺着干净的垫子，构成了一个个实用的铺位。其中一个铺位上是位年长的绅士，头发花白，双手俊美，正静静地读着报纸，长长的烟斗则放在了旁边。另一个铺位上躺着两个苦力，看起来很年轻，他们将烟枪放在了中间，轮流吸着鸦片，一副精神饱满的样子，甚至向我投来友好的微笑，其中一个人还请我抽了一口。第三个铺位上，有四个人正围着一副棋盘盘腿而坐。稍远一点的铺位，一个男人正抱着婴儿逗弄（东方人对于孩子的喜爱真不可思议）。此时，婴儿的母亲，一个身材丰满、面容和蔼的妇女，我想也是店主的妻子，正望着他，嘴角挂着明朗的笑容。这是个令人愉快的地方，像在家一样，舒适而惬意，甚至使我想到了柏林舒适的小酒馆，白天工作劳累的人们晚上去那里，度过一段安静的时光。虚构的小说总比事实的真相离奇。

最后的机会

　　她想在中国把自己嫁掉，这事整个码头没有一个单身汉不知道，多么哀婉动人，但又因何差点以悲剧收场呢？她身形高大，体态笨拙，手脚粗大，大鼻子显得有点长，是的，她的五官都很大，但一双蓝眼睛却很美，或许她也意识到了这点。总体上说，她是个皮肤白皙、金发碧眼的三十岁女人。白天，她会穿一双适宜的靴子、一件短裙，戴一顶宽边软帽，风姿潇洒；但到了晚上，她会选蓝色的丝绸衣服，以渲染她眼睛的颜色，天知道那衣服是哪个土气的裁缝照着时装图上的样式裁剪出的。她越是想把自己弄得很诱人，却越把自己扮成了令人厌烦的样子。她喜欢打探那些单身汉的一切。当有人说起打猎时，她听得兴高采烈，而当另一个人说到茶叶运输时，她也欢欣快乐地听着。当他们讨论起下周要举行的赛马大会，她便如少女般激动地拍起手来。她喜欢和一个年轻的美国人跳舞，缠着他带她看棒球比赛，可她不会一直喜欢跳舞，再好的事也会腻，当她和一个知名洋行的年长单身代办在一起时，她便仅仅喜欢高尔夫球运动了；她乐于让一名在战争中失去一条腿的年轻人教他打台球，同时还把热烈的关切投向了一个银行经理身上，即使他只和她讨论银圆的问题。她对中国人没多少兴趣，因为她所处的圈子并不谈论此类话题。但作为一个女人，她也会情不自禁地去反抗中国女人遭受的粗暴对待。

"你知道，她们对于将要跟谁结婚没有一点发言权，"她解释道，"一切都由媒人安排好了，直到结婚，男人甚至还没见过女孩一面呢。毫无浪漫可言，更别说爱情……"

她停止了谈话，显得很激动。她天性纯良，无论对年轻的还是年长的人，她都会是一个完美无缺的好妻子。这一点她是知道的。

修 女

　　白色的女修道院泰然自若地坐落在山顶的树丛间。当我站在大门外，等着被让进去的时候，瞥见阳光下闪闪发光的黄褐色河水，还有远处崎岖绵延的群山。院长接待了我，她是一位恬静和蔼的女士，声音温柔，听口音便知是来自法国南部。她带我看了院里收养的孤女们，她们正忙着用修女教的技艺编织花边，见到我们都害羞地笑了；她又带我去了医院，那里躺着遭受痢疾、伤寒或疟疾的士兵，污秽而肮脏。院长说她是巴斯克人 ①，修道院窗外的群山总使她想起比利牛斯山脉。她在中国已生活了二十年，一想

①　巴斯克人：西南欧民族。主要分布在西班牙比利牛斯山脉西段和比斯开湾南岸，其余分布在法国及拉丁美洲各国。

到再也见不到大海有时会很难熬，山下的河离海已是千里之遥。她知道我熟悉她的家乡，便和我谈到了翻越比利牛斯山的捷径、葡萄园以及山脚下小溪环绕的瑰丽村庄——啊，在中国这儿可没有这么好走的路，但中国人都很好，孤女们手工活儿干得极快，人也很勤奋。当地人找她们做妻子是因为她们在修道院里学会了有用的技艺，甚至婚后还能做针线活赚些小钱。士兵们也都是好人，他们并不像外面说得那么坏，毕竟，他们只是可怜的小人物，也许并不想当兵，病愈后多数会回到家里继续耕田。他们对在他们养伤时护理他们的修女怀有感激之情，有时当他们乘轿归来，赶上刚从镇上回来、手里拎着大包小裹的修女时，便会主动把她们的包裹拎到轿子里去，是的，他们人都不错。

"他们竟然不下来让修女乘坐轿子吗?"我问道。

"一个修女在他们的眼里仅仅是个女人，"她宽容地笑了笑，"你绝不能向人们要求超过他们认知能力之外的东西。"

说得多正确，然而想来却多残忍啊!

山海关：客栈的幌子

山海关：城内的主街道

南口关：长城上的关隘

稻田：耕种的水牛

北戴河：碣石山水岩寺

Kwangfoog 桥：从公墓远眺

亨德森

　　望着他而不发笑是极为困难的，因为他的外貌早已出卖了他的一切。当他在俱乐部读《伦敦信使报》，或者把苦味杜松子酒（没有鸡尾酒给他）放在身边，懒洋洋地坐在酒吧里，他那与众不同的架势便会吸引你的注意。你会马上发现，他是一个代表所在阶级的完美样本。那与众不同的架势与他所在阶层非常贴合，就像是标准定制的一般。他那耐用的方头靴子，长而凌乱的头发，宽松的低领上衣使他的粗脖子暴露无疑，衣服剪裁得体只是稍显破旧。他抽一支石楠根[1]制成的短烟斗，一谈到抽烟就幽默感十足。他

---

① 　石楠根：是目前世界上公认的最为适合制作烟斗的材料，以石楠根为原料制作的烟斗，也是目前世界上最为流行的烟斗品种。

个子高大，体格强健，有双好看的眼睛，讲起话来流畅动听，只是嘴边常有些污言秽语，这可不是他思想不纯，而是他的癖好是平民化的。当你看到他的神情一定会觉得（不是在事实上，而是在精神上）他和切斯特顿①先生喝过啤酒，还和希莱尔·贝洛克②先生在苏塞克斯③的丘陵散过步，一定也在牛津大学踢过足球，但当和 H.G. 威尔斯④先生在一起时，他又看不起这古老的学府了。在他看来，萧伯纳⑤先生已经有点过气了，而格兰维尔·巴克⑥仍让他抱有很大的期望。他或许和西德尼·韦伯⑦夫妇有过多次认真的交谈，甚至还是费边社⑧的一名成员。他谈及的唯一观点就是凡所知世界均轻浮不堪，唯有俄国的芭蕾舞是值得欣赏的。他写粗鄙的诗，关于妓女、无赖、路灯柱子、感化院、乡下教区牧师的住宅。他看不起英国人、法国人和美国人，但另

① 切斯特顿：英国作家、文学评论家，经常被誉为"悖论王子"。
② 希莱尔·贝洛克：英国作家。他的诗作想象力丰富、语气轻松幽默。
③ 苏塞克斯：英国英格兰东南部旧郡。
④ H.G. 威尔斯：英国著名小说家，尤以科幻小说创作闻名于世。
⑤ 萧伯纳：英国现代杰出的现实主义戏剧作家，是世界著名的擅长幽默与讽刺的语言大师。
⑥ 格兰维尔·巴克：英国剧作家、制作人和评论家。
⑦ 西德尼·韦伯：英国经济学家、社会学家。
⑧ 费边社：是二十世纪初英国的一个工人社会主义派别，其传统重在务实的社会建设，倡导建立互助互爱的社会服务。

一方面（他不是一个愤世嫉俗者），关于泰米尔人①、孟加拉人、卡菲尔人②、德国人或希腊人的无端指责，他忍受不了一个字。在俱乐部里，人们都觉得他只是个放荡粗野的家伙，他们说：

"哦，一个社会主义者，你懂的。"

但他还是一家著名且卓有声誉的洋行的合伙人，然而，中国的怪癖特性之一就是你的地位可以宽免你的怪癖。你可能因打老婆而臭名昭著，但如果你是家信誉卓越的银行经理，人们就会对你很客气，甚至邀请你吃饭，所以当亨德森先生宣布他的观点时，他们只是笑笑而已。当他初到上海时会拒绝乘坐黄包车，一个黄包车夫，与他没有任何不同的人类一员，竟拉着他到处跑，这违背了他关于个人尊严的观念。于是他走路，并发誓那是一种很好的锻炼，可以使他保持健康，但这会让他口渴，而他每月所赚的二十块大洋不足以让他常用啤酒解渴，在上海异常炎热，后来他在忙忙碌碌后也会不得不使用这有辱人格的交通工具。这使他感到不舒服，不过那确实便利极了。现在，他经常坐黄包车了，但他总是会想到车杆中间的伙计是一个

① 泰米尔人：是来自南亚次大陆的民族之一，有记录的历史几乎两千年。泰米尔人分布在印度南部和斯里兰卡东北部、马来西亚、新加坡、斐济、毛里求斯和南非。

② 卡菲尔人：亦称努里人或努力斯坦人。西亚阿富汗民族。主要分布在阿富汗东北部兴都库什山南坡的努里斯坦。

人，一个兄弟。

我见到他的时候，他来上海已经三年了，我们在此游荡了一个上午，从一家店铺到另一家店铺，黄包车夫在前面大汗淋漓，无时无刻不在用他破烂的手巾擦拭额上的汗水。就在我们快到一家俱乐部时，亨德森先生想起了他要买的一本伯特兰·罗素①在上海出版的新书，便叫停了车子，让车夫往回走。

"我们是否可以午饭后再去?"我说道，"那两个家伙已经汗流浃背了。"

"这对他们有好处，"他答道，"你用不着关心中国人，你明白的，我们会这样做是因为他们怕我们。我们是统治者。"

我什么也没说，甚至也没有笑。

"中国人总得有主人，他们一贯如此。"

一辆路过的汽车把我们分开了一会儿，当他再次和我并排时，已将刚才的话题放在了一边。

"你们住在英国的人无法理解新书对我们意味着什么，"他评论道，"我读伯特兰·罗素写的每一本书。你看过最新的一本吗?"

①　伯特兰·罗素：是二十世纪英国哲学家、数理逻辑学家、历史学家，无神论或者不可知论者，也是二十世纪西方最著名、影响最大的学者和和平主义社会活动家之一。

"《自由之路》吗？我在离开英国以前就看过了。"

"我读过一些评论。我想他肯定抓住了一些有趣的观点。"

亨德森想继续扩展他的观点，但此时黄包车错过了应该拐弯的路口。

"在街角那里拐弯，你这个笨蛋，"亨德森大喊道，为了强调他的意思，他朝着车夫的屁股上狠狠地踹了一脚。

黎　明

　　天还未亮，客店的院子被片片黑暗遮蔽。灯笼忽明忽暗的光不时投射在苦力们身上，他们正忙着准备赶路要挑的担子，又喊又笑，气呼呼地争论着。我信步来到街上，一个男孩打着灯笼在前面引路，家家户户柴门紧闭，而门后公鸡的啼鸣声此起彼伏。不过有的店铺已经将门板卸下来了，不辞辛苦的人们正开始他们漫长的一天。

　　一个学徒正在扫地，不远处一个汉子在洗手和脸，一盏油灯里燃烧的灯芯就是他全部的光亮了。一家小酒馆门前，六人正围桌而坐吃着早饭。内城紧闭，但一个守卫允许我从侧门通过，于是，伴着一条缓缓流淌的小溪，我沿城墙行走，溪水映着熠熠的星光。不久，我来到了巨大的城门前，此时城门已经半开着了。我走出城去，在那里，等待我的是依然幽魅的黎明渐渐露出晨光，一条不见尽头的路和四下的原野。

灯笼被熄灭了。我身后的黑暗渐渐褪去，转而成了紫色的雾霭，我知道它很快就会泛出瑰红色的光晕。面前的路我熟悉得很，稻田的水已泛出清白斑驳的光亮。虽已不再是夜晚，但也算不上白天。这是一个带有最为奇妙之美的时刻，座座小山和溪谷，棵棵树木和流水，都涂满着非人世所有的神秘色彩，可一旦太阳升起，只一刹那，世界就会沉闷无趣，那光亮灰冷得就像画室里可见的冷色调，大地上没有了婆娑多姿、色彩绚丽的光影。我沿着一座树木繁茂的小山山缘行走，不时俯瞰山下的稻田，称其为田未免夸大其词了，大多数稻田就像一块块弯月形的补丁缝在山坡上，一块压着一块，便于灌溉。山谷里生长着松树和竹子，好像被一个灵巧的园丁安放在此般美丽而有序，浑然天成。在这迷人的时刻，你不应将其视作卑微辛劳的田地，而应视其为皇帝行乐的御花园。在这里，他把国事丢在一边，身穿黄绸龙袍，腕戴玉石手镯，与妃嫔同游。他的妃子们极为美丽，即使若干年后有人说当朝是因为她们而覆灭的，人们都会觉得顺理成章。

此时天色渐亮，一片雾气从稻田中升起，蔓延到小山的山腰间，映入眼帘的景象犹如幅幅画卷，这恰是中国古代画师极其珍视的。座座小山上，棵棵树木铺满了山顶，沿着山脊的一排松树在天空的映衬下形成了一条清晰的轮廓。座座小山排开，层峦叠嶂，云雾缭绕，给画作添上了完美一笔，徒留人们无限遐想。竹林顺势而下一直长到路边，纤薄的竹叶在微风的吹拂中婆娑舞动，它们带有一种出身名门的优雅，看上去就好像大明王朝的一群妃子在路边懒散地休息。她们或许刚从某座寺庙归来，丝绸衣服上绣满了花朵，头上也簪满了珍贵的翠玉。她们踮起小脚站在那里休憩，极有风度地闲聊，她们显然不知教养的最佳之用就是把毫无意义的话说得精彩万千！不多一会儿，她们便快步轻移返回轿中，继续上路了。

　　路拐弯了，我的上帝，这些竹子，这些中国的竹子，被某种魔力无边的暮霭所变幻，看上去就像肯特郡田野里的蛇麻子草。你还记得香甜好闻的蛇麻子草和厚厚的绿地，那沿着海边铺设的铁路线，那狭长闪亮的海滩，还有那荒凉灰暗的英吉利海峡吗？海鸥在冬天的冷风中飞翔，忧郁的啼叫令人凄然。

名誉攸关

不同的国家总是对彼此的"性格"怀有荒诞的想法，没什么比这更妨碍彼此友好的关系了。可能没有一个国家像法国那样因邻国的误解而遭受众多伤害。他们曾被认为是一个轻浮的民族，没有深邃的思想，轻慢无礼、道德败坏且不可信赖。即便有些美德已被承认——比如他们才智不凡、天性乐观，也是以一种恩赐的方式予以承认的。至少英国人觉得他们的美德没有盎格鲁－撒克逊人①丰富。从没有人认识到在法国人的性格中有一种深沉的严肃，且大多

---

① 盎格鲁－撒克逊人：指的不是一个民族，通常是指公元 5 世纪初到 1066 年诺曼征服之间生活在大不列颠岛东部和南部地区的文化习俗上相近的一些民族。

数法国人是很关心个人尊严的。因此，作为研究普遍人性，尤其是本国国民性的鉴赏家，拉罗什富科[①] 把荣誉作为他思想体系的中心便绝非偶然了。我们的邻居——法国人——骨子里是一丝不苟的，这常常引起我们的兴趣。英国人习惯于自嘲，即使面对"荣誉"这类词语所代表的事情也一样，可这于法国人来说则是一种充满生机的力量，除非你理解他们对待荣誉的敏感性，否则就别指望去了解他们。

每当我看见斯滕福德子爵开着豪华的小轿车，或坐在自己桌子的一端，就会想起上述想法。他代表着法国在中国的某种重要利益，有人说他在法国外交部比部长本人更有权力，这从他擅自在外交事务中与中国人打交道就能看出来，当然这让他与部长间再也无法相处了。德·斯滕福德先生在国内获得的荣誉通过礼服上佩戴的红色徽章便足以证明了。

子爵脑袋细长，有点秃，但不难看（就像法国小说家所说的只是"有一点儿秃"），一只伟大的惠灵顿公爵[②] 式的鼻子，厚眼皮下面的眼睛又黑又亮，小小的嘴巴隐藏在他极漂亮的小胡子的下面。他习惯用白皙、戴着钻戒的手指

① 　拉罗什富科：法国公爵，又称马西亚克亲王，17 世纪法国古典作家，受其影响的作家有英国的哈代，德国的尼采，法国的斯丹达尔、圣伯夫和纪德。

② 　惠灵顿公爵：英军将领，曾在滑铁卢战役中击败拿破仑，第 21 任英国首相。

拈胡须尖儿，配合三层厚下巴更突显了他尊贵的神气。他是个高个子，但肥胖的身躯更让人印象深刻，以至于每当他坐在桌边，便需坐得远一些，就好像在控制之下吃东西，而且只吃一点。造物主对他玩了一点卑鄙的伎俩，虽然很常见，但耍了花招，那就是他的双腿对于整个身体来说太短了。所以，虽说坐着看他怎么看都是一副高大的样子，可一旦站起来，你就会吃惊地发现他还不如普通人。正因如此，他端坐桌边，或是开车在城里穿行的时候，看上去威风凛凛，效果好极了。当他向你挥手或是用一个很夸张的姿势摘下帽子，你会觉得他如此随意地打招呼简直友善得令人难以置信。他有着路易·菲利普[1]时期那些政治家的所有体面：黑色的衣服，长发，脸颊刮得干干净净，像安格尔油画中的人物那样，自命不凡又一本正经地看着你。

人们常常形容某些人说话像一本书，而德·斯滕福德先生说话却像一本杂志，当然不是致力于通俗文学或消遣时间的杂志，而是那种有着丰富知识和观点有力的杂志，比如《两个世界》[2]。听他说话会有些累，但不失为一件乐事。他能流利地说一件别人三番五次说过的事情，从不为一个词犹豫。他处理的每一件事情都明晰透彻，语言的选择令人钦佩。他说话的语气自带权威，以至平淡无奇的事情从

---

① 路易·菲利普：法国奥尔良王朝唯一的君主。
② 《两个世界》：法国创立于 1829 年最著名的月刊，以评论著称。

他嘴里说出来都散发着无可匹敌的警句光芒。他并非呆板无趣，若能放下些同胞中一丝不苟的本性，也会逗人发笑。他是一名虔诚的天主教徒，有名望，有财产，有原则，对自己的循规蹈矩自鸣得意。

他野心勃勃，生活上却卑微可怜，为了获得丰厚的嫁妆，宁愿娶食糖经销商的女儿。如今，她成了浓妆艳抹的妇人，染着棕红色头发，穿得花枝招展，显然在他将自己光荣的姓氏赐给她的时候，却没有同时赋予她足够的自豪感，而这种自豪感正是他极为珍视的。如上所述，和很多大人物一样，德·斯滕福德先生也娶了对他极其不忠诚的妻子，然而他却用完全不同的勇气忍受了这个不幸。他的行为是如此地完美得体，以至于他的不幸更使朋友们对他高看一眼。他是所有人同情的对象，即使被戴了绿帽子，也没人怀疑他的品质。的确如此，一旦德·斯滕福德太太找了新情人，他就要求她的父母给自己一笔丰厚的钱，用来弥补他名字和荣誉受到的侮辱，据说有二十五万法郎之多，但以他的生意头脑和目前的汇率来看，我相信他一定坚持用美元支付。德·斯滕福德先生早已成了守财奴，在他妻子达到守教规的年龄之前，毋庸置疑，他将会成为一个富翁。

负重如畜

　　起初，你看见一个苦力在路上挑着担子，那画面令你兴奋，你的目光被他吸引。他身着破旧的蓝色衣服，打着各种蓝色的补丁，从靛蓝到青绿，再到淡淡的天蓝色，与周围的景色极为相配。无论是沿着稻田里狭长的堤道步履维艰，还是攀爬一座翠绿的小山，对他来说似乎完全合理。他穿的衣服仅是一件短褂和一条裤子，如果说开始他穿的还算是套完好的衣服，那等需要打补丁的时候，他也从来没想过选块颜色相同的布料，手头上有什么，他就用什么。不管晴天还是雨天，头上都戴着一顶草帽，帽子的形状和消防员的帽子很像，只是帽檐宽得出奇、平得离谱。

　　你会看到一排苦力走过，一个跟一个，每个人肩上都挑一个扁担，扁担两端分别挂着一大捆东西，那画面令人愉快。看着稻田的水映出他们匆匆而过的身影是十分有趣的。当他们从你身边经过，你观察他们的脸，会觉得他们都是本性善良、坦诚直率的老实人，当然如果你没被植入东方人是高深莫测这种想法的话。有时候你会看见他们卸下担子，在神殿旁边的大榕树下歇息，抽着旱烟，愉快地闲谈，如果你试着用力挑起他们每天要挑在肩上走三十英里或者更远的路的担子，便会自然而然地对他们吃苦耐劳的意志精神感到钦佩不已。然而如果你对那些在中国住久了的人提起这种钦佩之情，他们便会觉得你多少有些荒谬。他们会宽容地耸耸肩膀，然后告诉你，那些苦力就是牲畜，·两千年以来，从父到子，他们都是挑担子的，因此，他们能毫无怨言地做那些事便不足为奇了。的确如此，他们很小的年纪就开始这种劳动了，你也会遇见很小的孩子肩上挑着蔬菜篮子，背负的重量使他们步履蹒跚。

时光流逝，天气变得越来越热。苦力们脱下外衣，赤裸上身行走。当他们需要休息片刻，便把担子放到地上，但扁担仍旧留在肩上，这样他们就不得不弯腰弓背地歇着，你可以体会那颗可怜的疲惫不堪的心脏在肋下的跳动，就像在医院门诊病房里，你能清楚地感受到某些心脏病人的心跳一样，这景象让人痛苦极了。此外，你还能看到苦力们的脊背，日复一日，在扁担常年的压力下，肩膀上磨出了红色的疤痕，有时甚至还有开裂的伤口，伤口很大却没有打上绷带或贴敷，任由木扁担在上面摩擦。最奇怪的是苦力们的肩上会出现古怪的隆起，就像骆驼的驼峰那样，他们将挑的担子放在上面，仿佛大自然不惜使用残酷手段也要物尽其用。有时尽管心脏剧烈跳动、伤口灼灼作痛、苦雨凄凄、烈日炎炎，他们依旧无止境地走着，从黎明到黄昏，年复一年，从孩童到垂暮。你会看到那些上了年纪的苦力瘦骨嶙峋，松弛的皮肤看上去很干瘪，只剩下皮包骨，他们消瘦的脸上布满猿猴一样的皱纹，头发稀薄而花白。他们挑着担子蹒跚而行，步履不停，确切地说，他们既非跑，也非走，而是滑步疾行，双眼盯着地面来选择落脚点，脸紧绷着，表情焦急，直到走到坟墓边上才会休息。现在，他们赶路前行时，你再也不会觉得这是个景象了。他们的劳苦使你感觉沉重，你对他们满是同情，可又心有余而力不足。

在中国，当驮畜用的是真真切切的人啊！

"其行尽如驰，而莫之能止，不亦悲乎！终身役役而不见其成功，苶然疲役而不知其所归，可不哀邪！"①

中国的神秘主义者如此写道。

———————

① "其行尽如驰，而莫之能止，不亦悲乎！终身役役而不见其成功，苶然疲役而不知其所归，可不哀邪！"——出自《庄子·齐物论》，意思是："他们的行动全都像快马奔驰，没有什么力量能使他们止步，这不是很可悲吗！他们终身承受役使却看不到自己的成功，一辈子困顿疲劳却不知道自己的归宿，这能不悲哀吗！"

麦卡利斯特医生

　　他是一个很有风度的人，当我认识他的时候，我想他可能六十岁了，但仍精神矍铄、生气勃勃。他强壮结实，高高的个子，即使胖些也不失尊严，脸庞硬朗，甚至可以说俊美，一只鹰钩鼻子，浓密的白眉毛，下巴坚实，穿一身黑色低领衣服，还打了蝴蝶领结，看上去像老一代英国牧师。他的声音洪亮而热忱，经常放声大笑。

　　他的经历异乎寻常。三十年前，他作为一名医务传教士来到中国，现在，他虽然仍旧和教会保持着良好关系，但已经不是它的一员了。事情好像是这样的：起初，医生提出一个想法，希望找个地方建一所学校，那地点是医生偶然间想到的，要知道在一个拥挤的中国城市里征用一块建筑用地绝非易事，但经过多次的讨价还价后，教会最终买下了这块地，然而他们发现土地的所有者不是曾经和他们谈判的中国人，而是医生自己。他知道学校必须建立，看起来周围又没有别的土地可用，便从一家中国银行借了钱，自己把地买了下来。这笔交易谈不上欺骗，但的确有失道德可言，教会的其他成员并不觉得这是麦卡利斯特医生开的一个很好的玩笑，他们对麦卡利斯特医生恶语相向，导致医生辞去了职务，尽管他还跟那些人，那些对其目的和利益满怀同情的人保持着友好的关系。

众所周知，麦卡利斯特医生头脑聪明、手法灵巧，很快，无论中国人还是外国人都成了他的主顾。随后他开了一家旅馆，住宿和餐费都有些贵，但比中国人开的客店可舒适多了，还能根据医生的原则打点折扣，唯一让旅客抱怨的是，旅馆不允许饮酒。麦卡利斯特医生在生意上精明过人，他在河对面的山上买了一大块地，盖了一些有游廊的平房，一间一间地卖给传教士作为他们的避暑胜地；他还拥有一家大商店，里面什么都卖，美术明信片、古玩、辣酱油和毛纺儿童套装，以及其他外国人可能会买的东西，这令他收益颇丰，他真是经商的天才。

商店楼上的一间大套房是麦卡利斯特医生的居室，从房间内可以俯瞰江水，他请我吃的午餐令人印象深刻，堪称盛会，参加这次聚会的有麦卡利斯特医生的第三任妻子，一位戴金框眼镜、身着黑缎衣服的四十五岁妇人，一位曾在中国内陆和医生待过几天的传教士，还有两位沉默寡言的年轻女子，她们刚刚加入教会，正忙着学中文。餐厅的墙面上挂着许多写有吉祥话的卷轴，全部来自主人的中国朋友和皈依者送给他五十大寿的礼物。食物很丰盛，就像中国常有的宴请排场一样，麦卡利斯特医生在宴会的开始和结束的时候，都用他那满怀热忱的低沉声音做了长长的感恩祷告。

当我们返回客厅时，麦卡利斯特医生站在了舒适的火炉前，因为当时中国还很冷，他从炉壁架上拿下了一张小照片给我看。

"你知道这个人是谁吗?"他问道。

这是一张清瘦的年轻传教士照片，相片中的人穿着低领衣服，打了白色领结，一双忧郁的大眼睛，表情极为严肃。

"俊美的小伙子，嗯?"医生大声地说。

"很美。"我回答道。

年轻的时候他多少有些自视甚高，然而这在年轻人中是一个可以原谅的缺点，加之他那充满恳求渴望的表情，已然抵消了他那傲慢的缺点。那是一张精致、敏感、堪称俊美的脸，忧郁的眼睛有着莫名的动人之处，或许其中带着对宗教的狂热，甚至饱含不畏殉道的勇气，一种迷人的理想主义，他的年轻和单纯足以温暖每个人的心。

"一张极其吸引人的脸。"我说道，随手把照片还给他。

麦卡利斯特医生抿着嘴微微一笑。

"那是我第一次到中国的样子。"他说道。

"没有人能认出来。"麦卡利斯特太太微笑着。

"当时的我就是这个样子。"他说道。

他撩起黑色大衣的后摆，紧挨着火炉的前面坐了下来，接着道："每当我想起第一次看见中国的时候，我就常常大笑。我出来是准备承受苦难和贫穷的，可在开往中国的轮船上所遇到的第一件事便令我震惊，每餐有十道菜，住宿有头等舱，那可谈不上苦难，我对自己说：到了中国再说吧。好了，到了上海，我见到了一些朋友，被安排住进了一座漂亮的房子里，有好几个恭顺的仆人伺候，还吃着美味佳肴。上海，我说道，那是东方罪恶的渊薮。到了内陆情况肯定不会如此。最后，我就到了这里。在我找到自己的住所前，我一直和传教所管事儿的人住在一起。那是一个筑有围墙的大院子，房子非常漂亮，里面摆着美国家具，我的床比我睡过的任何床都要好。那位管事的人非常喜爱他的园子，里面种植了各式各样的蔬菜，就像在美国时一样，还有水果，不同种类的水果。他养了一头奶牛，这样我们便有了新鲜的牛奶和黄油。我从没想过有生之年能吃到这么多好东西。我什么也不用做。假如你想要一杯水，招呼一声男仆，他就会给你端上来。我到的时候正值初夏，人们已经卷好铺盖要去山里避暑了，这俨然成了他们的习惯。我开始觉得自己终将无法感受苦难和贫穷了。我曾经盼望着有一顶殉难者的桂冠。你知道我做了什么吗？"

麦卡利斯特医生想到了那漫长的旧时光，轻声地笑了。

"我来到这里的第一个晚上，当我独自待在房间，我倒在床上，像个孩子似的大哭起来。"

麦卡利斯特医生又说了下去，但我却无法集中精神听他到底说了什么。我想知道的是，他是怎样一步步从当时那个年轻人变成了我眼前认识的这个人的。那才是我要写出来的故事。

路

这根本不能算路，只是一个堤道，由大约一英尺宽的石块铺砌而成，宽有四英尺，刚够两个轿子小心翼翼地错开彼此。大部分路面修缮得很好，但也有不少地方的石块破损了，或被稻田溢出的水冲走了，这让行走变得困难。这些路蜿蜒曲折，在稻田中间流淌，热切地见证着人世的命运浮沉，却又装作无动于衷的样子。它们连接起一座座城镇，那些城镇在这片土地上至少存在了一千年，甚至更远。路是由种稻的农民铺就的，这你一下就能看出来，那些农民不知来自哪个朝代，他们修路不是为了快捷，仅仅是想更方便而已。岔路都通向各个村落，且非常狭窄，连让一个挑着担子的苦力经过的空间都没有，如果你站在稻田的中间，他就不得不站在把稻田一排排分开的窄小的土埂上，直到你走过去。现在主路的石头都没了，你只好在踩实的泥路上行走，狭窄泥泞，轿夫都得提着步子走。

　　还有些路边常见的景象：一位农民，双腿深深地浸在水里犁田，他用的犁和四千年前他的先人们用的一样，简单而原始。水牛在田里吃力前行，泥浆四溅，它那愤世嫉俗的眼睛似乎在问，这种无休无止的苦工终究是为何而做。一个身着蓝色罩衫和同色短裤的老妇人从农民身旁经过，缠着小脚，走路不太稳当，靠一根长长的拐杖支撑自己。两个肥胖的中国人坐着轿子，用一种充满好奇却又无精打采的眼神盯着你，一晃而过。你见到的每一个人都是一段插曲，不管怎样地微不足道，都足以立刻唤起你的幻想。此时，你的眼睛可能愉快地停留在了一个有着黄色的象牙般光滑皮肤的年轻母亲身上，背上用兜布裹着一个孩子闲逛；又或者落在一个满脸皱纹、面容高深莫测的老人身上；亦或者又落在了一个骨骼强健、满脸堆肉的人身上，显然他是个身强力壮的苦力。除此之外，乐趣仍会源源不断，你费尽气力爬上一座小山，放眼望去，乡村就铺展在眼前，日复一日，它们毫无改变，但每次登上山顶的感觉都令你激动不已。座座相同的圆形的小山丘，像一群羊一样环绕着你，一座接着一座，直到目不可及。在许多山上，都会有一棵独自生长的树，就好像为了增添景致故意栽在那里的，背对着天空，勾勒出优雅的图案。一片片无甚差别的竹林微妙地倾斜着，围住了户户相同的农舍，密密麻麻的房屋舒适地依偎在座座相同的荫蔽山谷中。

竹林以一种讨喜的优雅探身于大路之上，有如贵妇般傲慢，期待被奉承，高贵的出身昭示着其良好的教养，绝不会过分放荡。然而，大路旁的纪念牌坊，不管是为贞洁的寡妇而立，还是为幸运的儒者而立，都提醒着你正在走近一个村庄或者城镇，随后，你穿行于一排排参差不齐的肮脏小屋，或是熙熙攘攘的街道，都伴着当地居民片刻的轰动。街道上方由巨大的草席伸搭在两侧的屋檐上，阳光被遮蔽，暗淡的光线使熙攘的人群多了一种不自然的神气，活像一座阿拉伯旅行家常提起的有巫师或术士居住的城市。每当夜幕降临，可怕的变化就会发生在你身上，直到解救的咒语出现，你都得经受成为一只独眼驴或是一只黄绿色鹦鹉的生活了。

敞开的店铺里，商贩们所售的商品你闻所未闻，饭馆里准备的也是你见所未见，绝不敢吃的脏乎乎的东西。你眼中所见之物千篇一律，因为在每个陌生人眼里，中国的城镇都极为相似，但你若把记录细微差别当成快乐，便会观察出每一座城镇的独有行业。于是，你能在这里找到棉布，在那里找到绳线，在下个地方找到丝绸。此时，橘子树上挂着金色的果实，虽然还没长几个橘子，而甘蔗也开始出现了。黑色丝绸帽子让位给了头巾，蓝色的布伞代替了红色的油纸伞。

每个日子里都会有这一段段的插曲，无论工作还是休假。和朋友们的聚会，春天的欢快，冬天的漫漫长夜，简单亲昵的言行，还有黎明黄昏，它们预设精确如期发生，以免生活过于单调。不时地，爱情来临了，使得其余所有事情都变成了它光芒的陪衬，也使得一天中再稀松平常之事——即便细碎之至——都上升到了有某种神圣意义的高度；不时地，生活圈被打破了，你毫无准备地面对着新的人或物，你的灵魂被吸引了。

穿过雾霭，隐约可见一座寺庙的奇异屋顶显现出来，高耸于巨大的石砌堡垒之上，环绕着那堡垒的是一条天然的壕沟，绿色的河水幽幽地流淌，当阳光照射其上，你似乎看见了梦境中的中国宫殿，有如萦绕在阿拉伯说书者幻想中的宫殿一样灿烂多姿；或者，正值黎明，你横穿一个渡口，在比你高一点儿的地方会发现阳光映出的剪影中，舢板上一个艄公正在渡运着满船的过路人，你猛然察觉那正是卡戎 [①]，便知他渡的过路人都是感伤的亡灵。

[①] 卡戎：希腊神话中，厄瑞玻斯和夜女神之子，在冥河上摆渡亡魂去阴间的神。

上帝的真理

　　伯奇是英美烟草公司的代理人，他在中国内陆的一个小城镇开了个销售点。这里的街道下过雨后，路面的泥淖便会有一尺多深。于是，人们不得不一直坐在自己的车里，以免被泥点子从头到脚溅一身。道路因无止无休的车来人往而变得支离破碎，坑洼满地，即使车辆行进的速度与走步无异，仍会被颠簸得气喘吁吁。镇上有两三条布满店铺的街道，里面都有什么东西他早已烂熟于胸了。这里还有一条条漫无尽头的蜿蜒小巷，两边都是一堵堵单调的没有尽头的围墙，只在紧闭的木门上开了几个洞口。这都是中国人住的房子，像他这样的白人是无法想象的，正如他对周围的生活也难以理解一样，这增加了他对家乡的思念，他已经有三个月没跟一个白人说过话了。

当一天的工作结束，他便出去散步，因为实在没有其他事情可做。他走出城门，沿着布满车辙的凹凸不平的道路闲逛，一直走到乡下。山谷被座座荒凉贫瘠的大山包围，似乎要把他幽禁在里面，使他再也回不到文明的世界。他知道自己不能摆脱包围着他的那种彻头彻尾的孤独感，想保持沉着冷静，就要付出比平时更大的努力。他几乎要走投无路了，突然，一个白人骑着一匹矮种马向他走来，后面跟着一辆缓慢前行的中国大车，里面装着的大概是他的行李。伯奇立刻意识到他可能是一个传教士，正从比他住的地方还要远的乡村去往沿海的通商口岸，他激动的心差点跳出来，他可以有人说说话了。他加快脚步走过去，没精打采的疲乏一扫而光，变得神采飞扬，几乎是小跑着到了骑马人跟前，说道：

"喂，你是从哪里钻出来的？"

骑马的人停了下来，并说出了一个很遥远的城镇的名字。

"我正要去搭乘火车。"他又加了一句。

"你最好在我这儿将就一晚，我已经有三个月没看见一个白人了。我有好多间房间，英美烟草公司，你知道的。"

"英美烟草公司？"骑马的人说道。他的脸色立刻变了，那笑意盈盈、充满友善的双眼也变得冷漠起来。"我可不想和你扯上什么关系。"

他踢了他的矮种马一脚，要继续向前走，但伯奇抓住了缰绳。他不敢相信自己的耳朵。

"你是什么意思？"

"我可不想和一个做烟草生意的人有什么关系。快松手，放开缰绳。"

"但我已经有足足三个月没有和一个白人说过话了啊。"

"那不关我的事。快松手，放开缰绳。"

他又踢了那矮种马一脚，嘴唇闭得紧紧的，眼神严厉地看着伯奇。这时，伯奇发火了，尽管马向前走着，他仍旧紧紧拖住缰绳，开始咒骂传教士。他把能想起来的骂人的话都向他抛了出去。他发誓那些话都可憎又下流。传教士并没有回骂他，只顾着催促他的矮种马继续前行。伯奇抓住传教士的腿，猛然把他拽下马镫，传教士差点儿摔了下来，紧紧拽住了矮种马的鬃毛，这方式多少有失尊严。随后，他还是半滑半摔地跌倒在地上。此时，大车已经行驶过来，在他们面前停下。里面坐着的两个中国人无关痛痒又十分好奇地看着这两个白人。传教士勃然大怒。

"你袭击了我。我会让你因为这事丢了饭碗。"

"你见鬼去吧，"伯奇说道，"我都已经足足有三个月没见过一个白人了，而你甚至连句话都不愿跟我说。你还能自称是基督教徒吗？"

"你叫什么名字？"

"我叫伯奇，你这该死的。"

"我要把你告到你的上司那里去。现在，你给我退后边站着去，我要继续赶路。"

伯奇握紧了双拳。

"快点滚，不然我要打碎你身上的每根骨头。"

传教士骑上了马，给他的矮种马狠狠地抽了一鞭子，马儿便慢跑着离开了。那辆中国大车也轰隆隆地慢慢地跟在后边。但是，当伯奇一个人独自剩下的时候，他便怒气全无了，一声啜泣从他的双唇情不自禁地吐了出来。人心比这贫瘠的群山还要坚硬啊。他转过身去，慢慢地向着小城走了回去。

浪　漫

　　一整天我都在船上，顺流而下，那是张骞①逆流而上，寻其源头的河流。他航行了好多天，直到来到一座小城，在那里，他看到一个少女在织布，一个青年男子牵着牛去水边。他问少女这是什么地方，少女把梭子给他作为回答，并告诉他，回去后把梭子拿给占星家严君平②，他会告诉你这是哪里。张骞照做了，占星家立刻认出了梭子是织女的，

① 张骞：字子文，汉中郡城固（今陕西省汉中市城固县）人，中国汉代杰出的外交家、旅行家、探险家。建元二年（前139年），奉汉武帝之命，率领一百多人出使西域，打通了汉朝通往西域的南北道路，即赫赫有名的丝绸之路。
② 严君平：西汉早期道家学者、思想家。以卜筮为业，宣扬老子道德经，以惠众人。

还说在张骞拿到梭子的时刻，他注意到有一颗流星在织女星和牛郎星之间划过。因此，张骞知道他曾航行到的地方是银河的边缘。

然而，我并没有去过那么远的地方。说起来还是七天前，整整一天，我的五个船夫都在站着划船，我的耳畔仍回响着船桨与支架的木钉磕碰时发出的单调声响。有时，河水变得很浅，船会刮到河床中的石堆，猛然震动一下，颠簸摇晃，随后，两三名船夫便会将他们的蓝布裤脚高高卷起直到臀部，反身跳入水中，叫喊着，将平底船拖过浅滩。有时候，我们会碰到湍急的水流，虽然与长江汹涌的急流不能相提并论，但也足够凶猛，纤夫只能把船往上游拖才行；当船只顺流而下时，我们在叫喊声中穿过湍流，船只激荡着水流，浪花四溅，很快又到了一平如镜的水面。

此刻夜幕降临，船员们都已在船边的窝棚里挤作一团地睡了，窝棚是黄昏时分，他们在停好船后草草搭建的。我坐在床上，篾席铺展在三条船肋上，搭成了这个可怜的舱房，一个星期以来，它既是我的起居室又是卧室。舱房的一头由木板搭建而成，极其粗糙，过大的缝隙使刺骨的寒风直往里吹。舱房的另一头，住着我的船员们，一群健壮的小伙子，白天划船，晚上若是不靠岸就睡在这里。此刻，舵手也与船员们一同睡去，他总是身着一件破旧的蓝褂子，披一件褪了色的灰色棉袄，头上缠着黑色的长头巾，用一支长长的桨作为舵柄，从黎明站到黄昏。舱房里除了我的床，没有别的家具。因为天气太冷了，一只看起来像汤盆的盘子里被我装满了燃烧的木炭，还有一个装有衣服的篓子是我的餐桌，一盏防风灯挂在拱形船篷的上面，随着江水的晃动而轻轻地摇摆。舱房如此之低，以至于我，一个并不太高的人（我用了培根的观察来安慰自己，高个子就好像高房子，顶上的一层通常是空空荡荡的），仅仅能够站直。睡着的人里面，有个人的鼾声越来越大，或许吵醒了另外的两个人，因为我听到了说话的声音；但过不一会儿，说话声就没有了，鼾声也停了下来，周围的一切再一次安静了。

这时候，我忽然有一种感觉，在这里，在我面前，触动我的应该就是我要寻找的浪漫。这种感觉与其他的感觉都不一样，有如艺术所带来的兴奋般特别；但我仍无法表达，究竟是什么恰好在此刻给了我这样难得的激情。

在我生活的经历中，经常有一种我熟悉的，对我来说足以称得上浪漫的情境，但我总是后知后觉，才领会到当时是多么非比寻常，当我和一个以魅力和天赋而闻名全国的女演员翩翩起舞时，抑或是漫步走过某座大厦的大厅，里面聚集着全伦敦所有能出席的名门贵族或是才智超群的人，我也只是事后才意识到，这也许就是浪漫，尽管带有某种奥维达①小说的叙事风格。在战场上，当我自己所处的境地并不是十分危险的时候，我能够饶有兴致、满怀激动的观看战事的进展，我无法冷静地装作一个旁观者。我曾在满月的夜空下，连夜航行，到达了太平洋中的一个珊瑚岛，在那里，美丽又奇异的景色给了我能够感知得到的幸福，但也仅仅是在事后，我才体味到我和浪漫之间触手可及的兴奋感。有一次，在纽约一家旅馆的房间里，我和五六个人围坐在桌子旁边，制订计划来复兴一个古老的王国，一百年来，这个王国的罪过赋予了诗人和爱国人士很多灵感，此时，我听见了浪漫的翅膀振动的拍打声，或许别人并不觉得浪漫的情景正是真正令我激动的地方。在我的记忆中，第一次感受到浪漫是一个夜晚，我正在布列塔尼②海岸的一间小屋子里玩牌的时候。隔壁的房间躺着一个行将就木的渔夫，这间屋子的女主人说他将要和潮水一同退去，没有什么比外面的狂风暴雨更适合为这年迈的大海勇士做最后告别的了。他的离别应该伴随着狂风的呼啸，撞击着紧闭的窗户，波浪轰隆隆地拍击着岩石。我突然间感觉到狂喜起来，因为我知道这就是浪漫。

---

① 奥维达：英国维多利亚时代的著名女作家，生于英格兰，在巴黎长大，成年后移居伦敦。在英国，她开始写小说，并获得巨大成功。

② 布列塔尼：是法国西部的一个地区。

北京天坛：祭祀的圣殿

北京：鼓楼远眺煤山

北京：天坛前的长袍僧侣

北京：颐和园内的石舫

北京：颐和园中的黄教寺庙

上海：城墙上的布料坊

现在，同样的狂喜抓住了我，浪漫就像实体般存在，再一次出现在我的面前，它的出现如此出其不意，使我对其充满好奇。我说不出它是从灯光投射到篾席的阴影中爬出来的，还是从敞开的船舱中瞥见的河水中来。我满怀疑惑想知道是何缘故使我此刻产生了不可言喻的欣喜，于是我走出船舱。

　　与我们并排停泊的还有五六艘要向上游航行的帆船，桅杆仿佛矗立江中，一切都是静悄悄的。他们的船员早已入睡。夜并不黑，虽有些云但正值满月，江面在朦胧的月光下显得阴森森的，雾霭使得稍远岸上的棵棵树木变得模糊不清。这景象很迷人，但并非不同寻常，我要寻找的东西不在那里。我转身离开，当我回到篾席搭建的船舱时，那个给予我非同寻常的角色的魔力消失了，但正如摩西从西奈山下来时，因与以色列的上帝谈话而满面容光，同样的，我的小船舱、我的炭火盆、我的防风灯，甚至我的行军床仍旧带有让我激动的东西，那种激动在某一刻是属于过我的。我再也不能把它们看作是十分无关紧要的东西了，因为曾经在片刻之间，它们在我眼里充满了魔力。

崇高的风格

　　他已经是个年迈的老人了。五十七年前，他作为一名船上的随行医生来到中国，随后，他在南方的一个港口找了份医疗官的工作，原来的医疗官因健康问题提前回国了。那时他应该不小于二十五岁，所以，现在他肯定八十多岁了。他个子很高，很瘦，皮肤包住骨头的感觉就像是穿了一件远大于身体的外衣，但一双蓝眼睛又大又亮，依然保持着神采飞扬的本色声音洪亮而深沉。在这五十七年里，他在沿海一带开过三四个诊所，现在，则又回到了离他第一次居住的港口不到几英里的地方。这是一条河流出海口的抛锚地，那些因为吃水深度不够无法进入城市的轮船就在这里卸货装小船。这里仅有七户白人住宅，一家小医院，少数几个中国人，原本并不值得一名医生来这里定居。但他还是个副领事，这种安逸的生活倒也适合他的一大把年纪，这里的事情排得很满，以防止他感觉到无聊，但适当的工作量又不会使他过度劳累。他的精神依然矍铄。

"我正在考虑退休，"他说道，"现在是我该给年轻人机会的时候了。"

他乐于想象未来，一生都想访问西印度群岛，从内心讲，恨不得现在就去。是的，诸位，他不能再推迟了。英国？噢，他离开英国已经三十年了，就他各方面打听的来说，如今的英国已没有一个绅士的容身之处了。除此之外，他也算不上英国人，出生在爱尔兰，在都柏林的三一学院①取得了学位。但一方面是因为宗教，一方面是因为新芬党②，使他对儿时所认识的爱尔兰毫无留恋。那国家是一个打猎的好地方，他说着，蓝色的大眼睛里闪出一道光芒。

和医生这个职业里常见的行为教养相比，他有着更好

① 三一学院：是都柏林大学下属唯一的学院，故其通常被称为都柏林三一学院，位于爱尔兰首都都柏林，是1592年英国女王伊丽莎白一世下令为"教化"爱尔兰而参照牛津、剑桥大学模式而兴建，至今已有400多年历史，是爱尔兰最古老的大学、亦是不列颠及爱尔兰八所古典大学之一。
② 新芬党：是一个北爱尔兰社会主义政党，主张建立一个全爱尔兰共和国。

的态度，尽管该行业有许多的美德值得称颂，但却忽略了礼貌。我不知道，是否因为常年与病人交往，便给予了医生一种可笑的高人一等的感觉。他的师长中，有些人仍旧沿袭着粗鲁的不良传统，并把这传统当成了职业习惯传了下去。或者是因为早年在一家医院实习的缘故，有时他也倾向于把可怜的病人看成是低自己一等的阶级，但可以肯定的是，没有人会低谁一等，礼貌仍然是必需的。

　　他和我们这一代人截然不同，这种不同极难察觉，或在于声音和动作，或在于他平易近人的态度，或在于他细致周到的古风礼节。我想，他确比如今的人们更像一名绅士。如今人们谈到绅士一词，带有一种不屑，若是单指品格，更会遭到无情的嘲弄。在过去的三十年间，那些所谓的绅士在世上兴风作浪，机关算尽，对于这称号他们从未名副其实。或许这些不同来源于教育的差别，在他年轻的时候，学到了很多现在看来无用的希腊、罗马经典著作，这为他的性格打下了基础，显然如今这种性格已很稀有了。在他年轻的时候，人们从没见过周刊，读月刊是再正常不过的事了，更多人会选择读书。或许他们有时会喝高，但却能从贺拉斯[①]的书中得到快乐，还可能背诵沃尔特·司各特[②]

---

① 　贺拉斯：古罗马诗人、批评家。
② 　沃尔特·司各特：英国著名的历史小说家和诗人。

爵士的小说。他还记得《纽克姆一家》①刚一出版就读了它。

　　我想，那个时代的人，即使不比我们有更多的冒险精神，但至少在崇高的风格上有更多探索，现在，人们拼命把《连环画剪辑》中的笑话挂在嘴边，可他那时舍命谈论的都是拉丁引语。

　　现在，我该如何来描述这位老人与众不同的微妙品质呢？就好比一页斯威夫特②的书，字和我们今天所用的完全一样，没有一句话不是用最浅显的语序组合起来的。然而，却自有一种高贵、大气的风韵，是我们现代文人几经努力仍未达到的。简单地说，这就是风格，毋庸多言，他就是如此：他有一种风格。

---

① 《纽克姆一家》：英国小说家威廉·萨克雷于1853—1855年所写的一部小说，是涉及到19世纪英国社会生活诸多层面的佳作。

② 斯威夫特：英国作家、政论家、讽刺文学大师，以著名的《格列佛游记》和《一只桶的故事》等作品闻名于世。

雨

　　诚然，并不是每天都阳光灿烂。有时候，一场凄厉的雨突然落下，再加上东北风，会令你寒冷入骨。你的鞋子和大衣从前一天起就是湿漉漉的，而你还需走三个小时的路才能吃上早饭。你在寒冷的黎明前那阴郁的光线里跋涉着，路途遥远，最后，只剩一家肮脏又蹩脚的小客店，什么也别指望了。在那里，你会碰见光秃秃的墙壁、潮乎乎的泥土地面，渴望在一盆炭火旁将自己的身体烤干。

　　此时，你会想起伦敦的舒适房间。雨号叫着倾泻而下，拍打在窗户上，这恰恰使你因房间的温暖而倍感愉悦。你坐在炉火旁，嘴里衔着烟斗，将《泰晤士报》①从头版读到最后一版，当然，你不只会读社论，还有刊登启事的广告栏、你永远也买不起的乡村宅第广告——在奇尔特恩丘陵公园内，有一座完好的乔治王朝风格的别墅，占地一百五十英亩，有宽敞的花园及果园，原始的木质结构并未被破坏，有壁炉架，六间接待室，十四间卧室，还有几间普通的办公室，现代的卫生设备，还有带房间的马厩和宽敞的车库，距离顶级高尔夫球场仅仅三公里。

那时我觉得奈特先生、弗兰克先生和鲁特利先生②都是我最喜爱的作者。他们论及的事件永远不会乏味过时，有如诗歌中所有优秀素材均来自平凡之事。他们的写作手法具备了一流大师的特点，却又不尽相同。他们的风格，有如汉学者形容孔子所说：闪耀着简洁的光芒，文字虽简但启发思考，它把令人钦佩的精准描写和雄浑的想象结合起来，赋予一种令人愉快的自由感。他们对 "rood" 和 "perch"③ 这类词汇的精通令人惊异，我曾自认已了解了它

---

① 《泰晤士报》：是英国的一张综合性全国发行的日报，是一张对全世界政治、经济、文化发挥着巨大影响的报纸。
② 奈特、弗兰克、鲁特利：三人都为当时《金融时报》的撰稿人。
③ "rood" 和 "perch"：均为一词多义的词语。rood 意思是（基督受难的）十字架、基督受难像、（英）路德（长度和面积单位）。perch 为名词时，意思是鲈鱼、高位、栖木、杆；其为动词时，意思是栖息、就位、位于、使坐落于。

们的意义，但时隔多年，这些词对我始终是谜，然而他们却能够把这些词语信手拈来、信心满满地去使用。他们能用鲁德亚德·吉卜林[①]式的独创性去玩弄专业术语，也能够将威廉·勃特勒·叶芝[②]的凯尔特语魅力注入到术语之中。他们将自身的个人风格融合得如此彻底，我敢打赌即使最有眼力的批评家也无法发现作品是多人合著的痕迹。文学历史上有很多为人们所熟知的两个作家之间的合作，其中很多作品都涌现了令人兴奋的想象力。如今，最新的考证已经推翻了我年轻时所学到的《圣经》是由三人合著的观点，我猜想，像奈特、弗兰克和鲁特利这样的情况真是罕见。

伊丽莎白特别聪明，这在她与我从中国带给她的白色小松鼠的相处中就能看出来。一个让人疼爱的孩子，此时她来和我说再见了，因为不管天气多么糟糕，她都必须出去，在人们给她准备童车的时候，我陪她玩了一会儿小火车。当然了，随后我本该做点工作，但天气实在是糟透了，我有些慵懒，于是，我换了个内容，拿起贾尔斯教授的那本论庄子的书读了起来。这位顽固的儒家学者对庄子并不赞同，因为庄子是个人主义者，那时人们把中国可悲的衰

① 鲁德亚德·吉卜林：是英国著名短篇小说作家，为英国拿到了第一个诺贝尔奖。
② 威廉·勃特勒·叶芝：爱尔兰诗人及剧作家，曾获1923年诺贝尔文学奖。

败都归咎于个人主义，但他的书是很好的读物，尤其适合下雨天读。他的书读起来毫不费力，常常在偶然间蹦出个想法，使你思绪徜徉。但这些观念正巧妙地潜入你的意识，有如涨潮时那卷起的波浪，淹没你的意识，吸引你去排斥古代庄子所提出的思想。尽管你期望悠闲，但还是坐在了餐桌前面，只有外行人才用书桌呢。

　　你文笔流畅，行文不费吹灰之力，感觉生活极其美好。此时，两个有趣的人来与你共进午餐，当他们走后，你不知不觉来到了克里斯蒂拍卖行①。在那里，你见到了一些明代的塑像，但它们没有你从中国买回来的好，接着你又看见了一些正在被售卖的画，唯一使你庆幸的是没有将它们全部买下来。你看了看表，该去加里克俱乐部②玩上一局，这糟糕的天气让你有足够的理由消磨掉午后剩余的时间。你不能待得太晚了，因为你有一张今晚首演剧目的入场券。你提前离开，回到家里换好衣服，晚餐也吃得略早，或许还来得及在伊丽莎白睡前给她讲一个睡前小故事。她穿着睡衣，梳着两个小辫子，看上去真是可爱极了。

---

① 克里斯蒂拍卖行：即嘉士得拍卖行，世界著名艺术品拍卖行之一。拍品汇集了来自全球各地的珍稀艺术品、名表、珠宝首饰、汽车和名酒等精品。

② 加里克俱乐部：是一个绅士们的俱乐部，在1831年创建于伦敦的市中心，是世界上历史最悠久、评价最高并有其专属会员的俱乐部之一。

首演中，总有一些感人的地方，只有那些已经厌腻的批评家才会无动于衷。能见到一些朋友也是令人愉快的，还有一个被观众喜爱的演员——她今天在台上的表演比任何时候都好——走过来坐到了自己的位置上，她因被人认出来而颇感喜悦又略带尴尬，这时候，你听到后座的观众对她喝彩。你要看的戏也许很糟糕，但是至少有个好处，就是在此之前没人看过，这便使你有机会有片刻的感动或为之微微一笑。

一群苦力从对面过来，他们戴着大草帽，像得了相思病的小丑戴的那种帽子，只是多了一个宽边，他们步履蹒跚，身体因背负着沉重的大棉花包而微微向前弯屈，雨把他们单薄而破旧的蓝褂子打湿，粘贴在身上。路上破碎的石头又湿又滑，你留心地在泥泞的道路上艰难地跋涉着。

沙利文

　　他曾是一名爱尔兰水手，在香港下了船，头脑发热要徒步穿行中国。他花费了三年在这个国家漫游，不久便学会了与中国人的相处之道。作为他这个阶级里的人最普通的一员，他学那一套比那些受过更多教育的人容易得多。他靠一些小聪明维持生活，总是刻意避开英国领事馆，跑到所经过的每个城镇的地方官衙，谎报自己在途中被抢走了所有的钱财。这事或许真的发生过，他的讲述中有大量令人信服的细节，激动的人们都将他看成科斯蒂冈船长[①]那样伟大的人物而满怀敬佩。地方官会按中国的礼节接待他，

---

① 科斯蒂冈船长：英国作家萨克雷的小说《潘登尼斯》中的人物。

但之后又都急切地想摆脱这个麻烦，于是便会花十块或者十五块大洋把他打发走，乐此不疲。有时就算他拿不到钱，通常也能如愿有个住的地方，并好好地饱餐一顿。他带有某种粗俗的幽默感，这点颇能引起中国人的兴趣，因此他的所为一向很成功，直到他不幸地遇见了一个完全不同以往的地方官。那位官员在他讲述自己的故事时对他说：

"你只不过是个乞丐，一个流浪汉，真该打一顿。"

一声令下，这家伙就被带了出去，扔在地上，痛打了一顿。他没有受什么伤，但是被吓个半死，更重要的是，他感觉受到了侮辱，这挫伤了他的勇气。当时当地，他放弃了流浪汉的生活，来到了一个班轮不经常停靠的港口，向海关专员申请了海关监察员的职位。能有白人来应征这种工作并不多见，所以对于应聘者也不会问什么问题。他得到了这份工作，现在，你可以看看他，一个皮肤晒得黝黑、脸刮得干干净净的四十五岁男人，气色红润，身体结实，穿着整洁的蓝色制服，正登上小镇河边的汽轮和帆船检查。在该镇，海关代理专员、邮政局长、一名传教士和他是仅有的欧洲人。他对中国人及其行为的了解使他成为了非常重要的官员。他有个身材矮小的中国老婆，还有四个孩子，对过往的事他毫无羞愧，喝点上好的烈性威士忌，就会告诉你全部的冒险故事。不过挨揍的经历使他永生难忘，无法理解，永远无法理解，更不知道为什么。他对下令揍他的那位地方官倒没什么不满，相反，他显示出了独有的幽默感。

　　"他那才叫冒险，恶毒的老家伙，"他说道，"真有胆量，是吧？"

餐　厅

　　这是一幢豪宅的其中一间房，当初的建造价格极低，很多富商都会把房子建得宏伟壮丽、陈设奢华。当时钱赚得很容易，想赚大钱也不难，一个人还不到中年便可返回到英国，买下萨里郡①的一座精美的别墅，把余下的生活过得奢侈依旧。事实上，这里的居民是不太友善的，总可能发生个骚乱使他为保命而远走他处，不过这仅仅算是给他舒适的生活增添了一些趣味而已；当真正的危险来临，定会有炮艇及时赶到提供保护或避难。侨民们都很喜爱交际，通婚让他们之间的联合更加广泛，成员之间的宴请非常大

---

① 萨里郡：香港旧译舒梨，英格兰东南部的郡。位于伦敦西南，濒泰晤士河。

方。他们会举办盛大的宴会，一起跳舞，还一起打惠斯特牌①，工作轻松，若是不偶尔花上几天去内地打野鸭，那才是见鬼了。夏天的确非常热，过不了几年人们便学会了悠闲地生活，剩下的日子恰好温暖，有蓝蓝的天空，芬芳的空气，生活非常美好。一个人当然有行动的自由，但若是和一个娇小的、眼睛明亮的中国女孩生活则另当别论，当然只要你不做这些女孩关注范围外的事，也没人会紧盯你。当他结了婚，便会用一笔财物把那女孩打发走，要是有了孩子，直接送到为他们准备好的上海的一所欧亚混血儿学校就完事了。

但是，这种惬意的生活已成过往。往昔的繁荣全靠这个港口出口的茶叶，如今人们的口味从中国茶变成了锡兰②茶，这种改变使当地经济崩溃了。三十年来，港口一直死气沉沉地躺在那里。在这之前，领事曾有过两名副手，但现在他一个人就能轻松地完成工作。他通常会在下午打一场高尔夫，要是有空会再打一局桥牌。港口往日的辉煌已不复存在，而那些大商行大多空空如也。茶叶商中就算有留下来的，也大都把重心放在了副业上，人人似乎都老了。这里已经没有年轻人发展的空间了。

---

① 惠斯特牌：一种纸牌游戏，是包括惠斯特桥牌、竞叫桥牌和定约桥牌在内的纸牌游戏的统称。
② 锡兰：斯里兰卡旧称。

我坐在这个房间，似乎在读着它的过往，以及我仍在等待的那个人的历史。这是个星期天的上午，我坐了两天的沿海汽轮来到这里，当我到达时，他正在教堂。我试着通过这房间来构想出他的肖像。房间里有些感伤的气息，能看出它有着往世的繁华，但这种繁华已经凋谢了。我不知道是什么原因，它的整洁似乎突显了一种可耻的贫困。地板上铺着一大块土耳其地毯，这在七十年代一定值一大笔钱，如今已经磨得很薄了。那张人们在此品尝过无数次丰盛的晚餐和名贵的美酒的巨大红木餐桌擦得锃亮，你甚至能从中照见自己的脸。这使人想起旧日港口盛极一时的场景，在喝过陈酿的波尔图葡萄酒后，那些面色红润、蓄着连鬓胡的富有绅士们在此谈论江湖骗子迪斯雷利[①]的滑稽行为。墙壁是暗红色的，挂满了画像，非常适合举行体面的盛大晚宴。画像中有房主的父母：一位灰胡子、秃顶的老绅士；还有一位梳欧仁妮皇后[②]发式、严厉又忧郁的老妪。当然还有他戴着绒线帽的祖父和裹着头巾式女帽的祖母。背后嵌有镜子的红木餐柜上摆放着镀金的托盘、茶具以及许多其他的餐具。餐桌中央放置着一个巨大的分层饰盘。黑色大理石的炉壁架上是一座同样颜色的大理石钟，钟两

---

① 　迪斯雷利：英国著名政治家、小说家。
② 　欧仁妮皇后：是法兰西第二帝国皇帝拿破仑三世的妻子，也是一位颇具传奇色彩的欧洲美女。

边摆着花瓶。房间的四角立着满是镀金餐具的橱柜，栽有棕榈树的陶盆零星分散各处，棕榈树的叶子坚硬且舒展。巨大的红木椅子好似占满了整个房间，椅子上铺着褪色的红皮垫，壁炉的两侧分别摆着一把扶手椅。

房间很大，但看上去拥挤异常，加上每件东西都有些破旧，一种感伤的印象油然而生。所有这些东西似乎都有自己悲哀的生活，一种屈服了的生活，好似被周围的环境所迫，现在它们不再有力气去和命运斗争了，它们颤抖着热切地挨在一起，仿佛只有这样才能保持住它们的重要性，然而我觉得它们的末日就要来了，到那时，它们将被杂乱无章地摆放，混乱得令人厌恶。它们被贴上带有数字的小标签，全都放进了沉闷寒冷的拍卖行里。

长　城

　　薄雾中，巨大雄伟寂静威严的中国长城矗立于此。它冷漠孤独地爬上山腰又滑落至山谷深处，每隔一段适当的距离就矗立着一个坚固的正方形瞭望塔，它们威仪而冷酷，驻守着各自的位置。长城是冷酷无情的，那是葬送了上百万生命而修筑起来的。那些巨大的灰色石块，每一块都沾满了囚犯和流放者的血泪。长城穿越了无数崎岖的山脉，劈开了一条黑暗的通道，延续着漫无尽头的征途，一里格①接着一里格，一直到亚洲最边远的地方，茕茕孑立，犹如

_____

①　里格：一种长度名，它是陆地及海洋的古老的测量单位，它等于 3.18 海里，折合 6000 英尺，相当于 4.8 公里。里格通常在航海时运用。

它所捍卫的伟大帝国一样神秘莫测。薄雾中，巨大雄伟寂
静威严的中国长城矗立于此。

领　事

　　皮特先生处于极度恼怒的状态中，他已经在领事馆工作了超过二十年，与形形色色的惹人厌的家伙打过交道，有不讲理的官员；把英国政府当成其收账代理的商人；将任何公正处理的事都当作大冤案而愤慨不已的传教士们，然而他回想过往，没有一件事曾令他不知所措。

　　他温文有礼，但却总无缘无故对书记员大发雷霆，就因为一份需要他签署的信件拼错了两个单词，差点儿开除了那个可怜的欧亚混血儿。他工作认真，四点的钟声敲响前，是绝不会离开办公室的，但时辰一到，他便一跃而起，去取帽子和手杖，有时仆人拿来得慢了，还会被狠狠地骂一顿。

人们说这些领事总会变得古怪，按那些在中国生活了三十五年还不会用汉语问路的商人的说法，这全是因为领事们学习了汉语。毫无疑问，皮特先生也是古怪的。他单身，正因如此，被派到一系列的岗位上，那些岗位地点偏僻，被认为不适合已婚男人。

　　他独自一人生活已久，古怪的性格愈发极端，就连生活习性也让外人颇感吃惊。他对很多事都心不在焉，屋子里总是乱七八糟的，饮食也无所谓，仆人们做什么他就吃什么，很多事都敲了他的竹杠。

　　他不遗余力地查禁鸦片的贩运，却是城里唯一不知道其雇员把鸦片就藏在领事馆里，并就在领事馆院子的后门忙碌地公开交易。他热衷收藏，在政府提供给他的官邸里装满了一件件收集来的各式各样的藏品：锡制品、铜器、木雕，这些还算比较正式的藏品，除此之外还有邮票、鸟蛋、旅馆标签和邮戳，他自诩收集的邮戳在大英帝国无人能及。

　　他在长期离群索居的生活里读了很多书，虽谈不上是汉学家，但也比他大部分同事都更了解中国，中国的历史、文学和人民。然而他在广泛的阅读中学到的不是宽容，而是虚荣。实际上他相貌奇特，身材矮小而孱弱，走起路来像风中的枯叶在飘荡。他那顶小巧的蒂罗尔[①]帽子破旧不

①　蒂罗尔：奥地利西南的州，分为北蒂罗尔及东蒂罗尔两部分，坐落在阿尔卑斯山脉的心脏之处。

堪，还插着一根鸡毛，随意地歪戴在他那谢顶严重的大脑袋上，古怪极了。透过他的眼镜你会发现一双黯然无神的淡蓝色眼睛，一丛下垂、零乱、邋遢的胡子遮不住那张怒气冲天的嘴。

　　此刻，他从领事馆前的那条街转出来，向城墙走去，一般来说，他总是会到城墙上散散步让自己舒缓并休息一下，一方面他工作认真，亲力亲为的习惯让他累得要死，另一方面在这座人群密集的城市中，只有那儿才是最舒服的散步之地。这座城镇位于平原中部，日落时分，常能从城墙看见远方白雪皑皑的群山之巅，那是西藏的雪山。不过现在他走得很快，目不斜视，连他那条肥壮的西班牙猎狗在身边四处欢跃都没觉察到。他用低沉而单调的声音急促地自言自语。令他恼火的事情源自一次拜访，那天，他接待了一位自称是余太太的女士，出于一名领事追求精准的癖好，他坚持称呼对方为兰伯特女士，而这种行为本身足以断送他们的浅薄的交情。她是一个嫁给了中国人的英国女人，两年前随丈夫从英国来到这里。那个男人曾在伦敦大学留学，并让她深信自己嫁给了中国的大人物。她曾想象自己会来到一座华丽的邸宅，身份尊贵，然而当发现自己被带到一个挤满人的破旧中国古宅时，她大吃一惊，那里甚至连一张外国的床都没有，更别说刀和叉了。在她看来，每样东西都很脏，还有异味。

她震惊地发现自己不得不跟公婆住在一起，并被告知一定要完全遵照婆婆吩咐的去做，可她对中国人一无所知，甚至在这屋里住了两三天，才意识到她不是丈夫唯一的妻子，早在他出国求学前，可能还是小男孩的时候就已经结婚了。当她愤怒地责骂他欺骗了自己时，他耸了耸肩膀，承认并补充道，没有一个中国妇女会把那看做是个问题，就像没有什么能阻挡一个中国男人娶两个老婆，如果他想的话。正是有了这样的发现，她去领事那里进行了第一次拜访。他早就听说她要来——在中国每个人都知道其他人的任何事，于是他毫无意外地接待了她，也并没有对她表现出太多的同情。一个外国女人要嫁给中国男人，这本身就让他充满愤慨，同样，她既然要嫁给中国人就不该来这里问这问那，这使他感到受了侮辱，极其愤怒。

　　她绝不是那种看起来会对这种荒唐事内疚的女人，她矮小结实、年轻朴实、实事求是，喜欢穿一件廉价的定制衣服，戴一顶苏格兰圆扁帽，一口糟牙，皮肤黝黑，大大的双手由于疏于保养而变得红红的，让你明白她可不是干不惯粗活的人，张口就带有伦敦土语的抱怨腔调。

　　"你是怎样遇见余先生的?"领事冷漠地问道。

　　"唔，你看，是这样的，"她回答道。"爸爸生前差事不赖，他死后，母亲说：'唉，让所有的房间都空着，真是极大浪费，我得在窗户上放张招租启事。'"

领事打断了她。

"他就在你那里租了一间房?"

"嗯,确切地说,那不只是一间房,"她说道。

"那么,我理解成一整套公寓如何?"领事回答道,带着一丝浅浅的、轻慢的微笑。

接下来就是关于这类婚姻的解释说明。由于他觉得对方愚蠢、粗俗,便毫无怜惜地直白告知,根据英国法律,他们之间谈不上婚姻,她能做的最好的事是立刻返回英国。她开始哭泣,领事心软了,答应安排一些女教士在她回国的漫长旅程中照顾她,事实上,如果她想的话,还可能在此期间住在其中的一个教会里。听完他的话,兰伯特小姐便擦干了眼泪。

"回英国有什么好处呢?"她最后说道。"我没有什么地方可去。"

"你可以去你妈妈那里。"

"她坚决反对我和余先生的婚姻。如果我现在回去的话,就得听她喋喋不休的唠叨了。"

领事开始和她争辩起来,但争辩得越多,越是坚定了她的想法,最后领事勃然大怒。

"如果你喜欢和一个不是你丈夫的人待在这里,是你自己的事儿,所有的责任可都不关我的事儿。"

她的反驳使他更加恼火。

"那么，就不劳你担心了。"她说道。那神情令他永世难忘。

这是两年前的事情了，从那以后，他又见过她一两次。看样子她和婆婆以及丈夫的另一个妻子相处得很糟糕，总是询问依照中国法律她有哪些权利之类荒谬可笑的问题。他重复着他的建议叫她离开这里，但她仍然坚定地拒绝离开，他们的会面总是以领事的勃然大怒宣告结束，有那么一刻，他居然同情起那个需要在三个敌对女人间维持和平的余姓男子。依照他英国妻子的说法，那个男人对她也没什么不好，他努力公平地对待两个妻子，只是兰伯特女士无力改变境况而已。领事知道她平时穿中国衣服，但当她来找他的时候，便换上欧洲人的服装。

她变得非常邋遢，健康似乎也因为吃不惯中国食物而受到损害，看上去病得可怜。当她那天出现在他办公室的时候，他确实惊诧万分。她没戴帽子，头发乱蓬蓬的，整个人处于一种极度歇斯底里的状态中。

"他们想要毒死我，"她尖叫着，并把一碗某种臭烘烘的食物放在他面前。"这里一定下毒了，"她说道，"过去的十天里，我一直在生病，能死里逃生简直是奇迹。"

她不厌其详地给他讲了一个冗长的故事，这足够使他确信：事情不过如此，那两个中国女人定是用了一些常见的手段要除掉一个她们憎恶的入侵者。

"她们知道你来这里了吗？"

"她们当然知道，我告诉她们我要去揭穿一切。"

现在，是到该果断行动的时刻了。领事用官气十足的样子看着她。

"你绝不能再回到那里去了，我也不想再听你说的废话了。我要你离开那个并不是你丈夫的男人。"

然而领事很快发现自己对这个女人的愚蠢固执无能为力，他重复了所有曾用过的争辩话语，她都听不进去，于是，跟往常一样，他发起了脾气。

"那究竟是为什么你要和这个男人待在一起呢？"他大喊道。

她犹豫了一会儿，眼睛里流露出一种古怪的神情。

"他的头发长在额头的样子我喜欢的无法自拔。"她回答道。

领事从来没听过这么离谱儿的话。这可真是最后一击。此刻，他在城墙上大步地走着，试图用散步来消除他的愤怒，虽然说他不是一个常说脏话的人，但他再不能控制自己了，于是，他恶狠狠地说：

"女人真是该死！"

小伙子

　　他沿路轻快、自信地大步前行，十七岁的年纪，又高又瘦，光滑的黄皮肤上还没长出胡须。他双眼睁得大大的，似乎有点儿斜视，丰厚的红色双唇上挂着一丝微笑，举止神态透出年轻人的欢快与大胆，一顶小圆帽随意地戴在头上。

　　他穿一件黑色长袍，腰间系了条带子，通常挽到脚踝的裤脚现在被卷到了膝盖，一双薄薄的草鞋穿在脚上，与光脚走路差不多，脚又小又好看。

　　他一大早就沿着这条石板路走着，道路蜿蜒盘升至山丘，又低延至山谷，周围环绕着数不清的稻田，布满坟冢的墓地，繁忙的村落。或许他的眼睛在某些时刻，带着赞许的目光停在了坐在村口的几个穿着蓝色罩衫、蓝色短裤的漂亮姑娘身上（但是我想，他不仅是为了投出赞美的目光，更希望得到同样的回报）。此刻，他即将来到旅途的终点，一座他来寻找机会和财富的城市。那是一片肥沃平原的中部，城市由雉堞的城墙围绕着，当他看见了目的地的一霎，便更坚定地迈着大步前进，大胆地昂着头，为自己的力量感到骄傲。他所有的财产都裹在肩上扛着的蓝色棉布包裹里。

迪克·惠廷顿[①]出发去赢得声誉和财富的时候，身边带着一只猫，而这个中国人却随身带着一个红色栅栏的鸟笼，带着一种特有的优雅用拇指和其他手指提着鸟笼，里面是只漂亮的绿色鹦鹉。

---

① 　迪克·惠廷顿：传说迪克·惠廷顿是个贫苦的孤儿，为了发财，他去伦敦找到一份为一个富商的厨师做帮厨的工作。商人有一艘货船要发走，他通知仆人们每人可送一件东西与他的货一并出售。迪克·惠廷顿除了一只猫外一无所有，就把猫送去了。他的猫被摩尔人国王大价钱买走，因为这位统治者的领地北非正闹鼠灾，靠这笔钱迪克·惠廷顿走上了致富路，最终担任了三任伦敦市长。

范宁夫妇

　　他们住在一幢漂亮的方形房子里，游廊环绕四周，坐落在一处临江的低矮山丘之上，在房子下方靠右侧一点儿，是另一幢漂亮的方形房子，便是海关。作为海关副专员，范宁每天都到那里去。海关距离最近的城镇有五英里远，而江边只有一个小村庄，那是为水手们提供所需要工具和食物才出现的。城里有几个传教士，范宁夫妇很少见到他们，村庄里除了范宁一家，仅有的几个外国人便是海关里负责登船监视卸货的官员了。有一位是个熟练的水手，还有一个是意大利人，他们都娶了中国女人为妻。在圣诞节和英国国王诞辰日①，范宁夫妇会请他们吃午饭，但除此之

---

① 英国国王诞辰日：在英联邦国家为法定节日。

外，他们之间的关系便是纯粹工作关系了。

　　轮船通常在这里只停留半小时，所以他们从没见过船长或是船上其他的几个白人船员，更糟的是，由于水位太低，一年中有五个月轮船是无法经过这里的。说来也奇怪，反倒是那个时候他们见到的外国人最多，时不时可能就会碰见个旅行者、商人或是领事馆的官员，当然最常见的还是传教士，他们会乘坐平底帆船沿江而上，在这里停泊过夜，此时，海关专员便会下山到江边去请他来吃饭，毕竟生活太孤单了。

　　范宁是个完全秃顶的、健壮的矮个子，有着高挺的鼻子和黑黑的小胡子，做事纪律严明，举止强硬，富有攻击性的性格显得直率且唐突。他没有一次对中国人说话不是提高嗓门粗声粗气地命令式的，尽管他中文流利，但每当他底下的某个"男仆"做了什么让他生气的事，他便用英语对其破口大骂。

　　他给人一种不好相处的印象，但随后你会发现，那攻击性仅仅是他戴的一个盔甲，用来隐藏一种痛苦的胆怯罢了。他成功地掩盖了自己的性格，用粗暴的态度使那些与他打交道的人信服并心生畏惧，这显然很荒谬。他就像那些孩子们吹的奇形怪状的气球一样，生怕被活生生地吹破了。人们总会发现他不过是个空心气泡而已。而他的妻子会不断地使他相信他是个意志坚强的人，每当他大发雷霆后，她便会说：

"你知道，你发脾气的时候可把我吓坏了"，或者"我想我最好跟那个男仆说点什么，他被你吓坏了"。

然后，范宁便会自我吹嘘一番，微笑着。当有人来做客，她便会说：

"中国人都害怕我丈夫，但是，他们尊敬他，知道惹他准没好事。"

"当然，我知道怎样对付他们，"他皱起眉头回答道，"我已经在这个国家待了二十多年了。"

范宁太太相貌普通，身材矮小，一个大大的鼻子和满口糟牙，活像一只干瘪的酸苹果。她时不时地会在谈话中开个小差，取出一两个簪子晃动着，随意固定下她那束头发，都懒得照一照镜子。她喜欢明亮的色彩，常穿一些稀奇古怪的衣服，那是她和缝纫阿妈按照时尚草图匆匆制成的，然而当她穿上那些衣服，你会发现这简直称不上是搭配，她看上去就像是刚从海难中获救的妇人，恨不得把所有能找到的碎布都穿在身上。有时，她就像是一幅滑稽画，总会让见到她的人情不自禁地笑起来。她柔和动听的嗓音或许是她仅有的吸引人的地方，但慢吞吞的说话方式我不知道是来自于英国的哪个地方。

范宁夫妇有两个儿子，一个九岁，一个七岁，孤独的一家四口。但孩子们非常惹人喜爱，心地善良，天真烂漫，如此和睦的家庭总让人倍感愉悦。有时一个小笑话就能逗得全家开心，若是他们彼此间搞起恶作剧，会让人觉得这一家都是不到十岁的孩子。他们彼此间无话不谈，看上去也是缺一不可，每当范宁要去上班，孩子们都舍不得让他走，而当他回来的时候，他们总是兴高采烈地迎接他，完全不在乎他发脾气时的咆哮。

现在，你已发现，这个和谐家庭的核心便是那个身材矮小、风格怪异，甚至有些丑陋的女人。维持这个家庭的和睦并非偶然，也不全因她特有的温柔，而是源于爱。从起床到入睡的每一刻，她满脑子想的都是如何照顾这三个男人的幸福。她活跃的思维一直都在为规划他们的快乐而忙碌，从没为自己动过一点脑筋。她的无私真是个奇迹，实在太难得了。她从没对别人说过一句冷酷无情的话，总是热情好客，喜欢让丈夫到江边的船上去邀请旅行者到家里吃饭，这并非出于她自己的缘故，她独处时也相当快乐，我想她是觉得范宁先生喜欢和那些陌生人交谈。

"我不想让他陷入一种思维里，"她说道，"我可怜的丈夫，他没有台球可打，也没有桥牌可玩。一个男人，除了面对一个女人，没有人能和他说说话，这太艰难了。"

每天晚上，当他们安顿完孩子们睡觉，便会玩会儿皮克牌[①]。她在玩牌上缺少天分，可怜的宝贝儿，她总是出错

---

① 皮克牌：两人对玩的一种纸牌戏，共 32 张牌。

上海南郊：龙华庙建筑群

上海：老城区的新马路

上海老茶楼：传为柳纹盘的起源地

乌篷船：用鸬鹚抓鱼的渔民

杭州：城北门楼

村落：苏州与木渎古镇之间

杭州：西湖上的陆桥

牌，可当范宁先生责备她时，她便会说：

"你不能指望每一个人都像你一样聪明。"

于是，面对她高明的回答，范宁先生便也谈不上生气了。然后，当海关专员厌倦了赢牌，他们便会打开留声机，并排而坐，静静地听伦敦音乐喜剧里的最新曲目。你可能对此嗤之以鼻，但鉴于他们远离英国万里之外，这或许是与其热爱的家乡唯一的纽带了，这让他们觉得自己与祖国还没完全割裂。此刻，他们谈论着孩子们长大后，能为孩子们做些什么，不久孩子们就要回国上学了，或许，会有一阵剧痛划过这个小妇人那温柔的心房。

"伯蒂，孩子们走的时候，你的日子会很难过，"她说道，"但是，也许那时我们会搬家到某个有俱乐部的地方，等到了晚上，你便可以去玩桥牌了。"

江中号子

　　沿着整条江你都能听见号子的声音，那声音来自船夫们。他们奋力地划着尾部高翘、桅杆不停摆动的平底帆船，顺着湍急的水流而下。这时你还会听到高亢而有力的号子，那声音来自纤夫们，是种更加急促的号子，伴随他们拼命地拉船逆流而上。如果他们拉的是条乌篷船，五六个人就够了，如果是一艘挂着横帆的、华丽的渡过急流的大帆船，则需要好几百人了。

　　会有一个人站在帆船的中央，不停地击鼓来引导纤夫们一起发力，那些纤夫就像着了魔一样，深深地弯下腰，浑身用劲，当他们疲惫至极，更会像旷野中的野兽般在地上匍匐前行。他们拉啊，拼命地拉，与江水那无情的力量抗争着。时而纤夫的管事人会沿着队列来回巡视，当他看到谁没有使出全部力气，便会用竹片抽打他们赤裸的脊背。每个人都必须全力以赴，否则，所有的劳动就都白费了。

他们始终唱着激情又热切的号子，那是与湍急的水流抗争的号子。我不知该如何用语言形容号子里所渴望表达的东西，那是纤夫们紧绷的心弦、欲断欲裂的筋肉，还有人类战胜大自然无情力量的不屈不挠的精神。尽管绳索可能会断裂，巨大的帆船会摇晃倒退，最终，纤夫们还是会渡过急流。在劳累的一天结束时，他们会饱餐一顿，或许还能抽几口让他们悠然入睡的大烟。

但最令人痛苦的是苦力们发出的号子，他们背负着从帆船上卸下来的一个个大包，沿着陡峭的台阶爬上城墙。他们不断地来来往往，伴随着没完没了的辛苦劳动，发出有节奏的呼喊——嘿，噢－啊，喔！他们赤着脚，光着背，汗水不断从脸上流下来。他们的号子是一种痛苦的呻吟，是一声绝望的叹息，那声音让人撕心裂肺，绝非人类发出的声音，而是灵魂在无尽悲戚中的呐喊，只是这呐喊有音乐的节奏罢了，那终了的一声是人性最悲怆的啜泣。生活太艰难了，太残酷了，这呐喊声是他们最后绝望的抗议。

这就是江中号子。

幻　境

　　他个子很高，一双天蓝色的圆眼睛鼓鼓的，看上去窘态十足，紧巴巴的皮肤有种要被撑开的感觉，若是能宽松些定会舒服不少，一头极为光滑又卷曲的头发紧紧地贴在头皮上，给人一种假发的错觉，使你恨不得一把揭下。他不擅与人闲谈，总是努力搜寻各种话题，绞尽脑汁又毫无目的地说着什么，当你无可奈何地起身却递过来一杯威士忌或苏打水。

　　他受托管理英美烟草公司，其住所既是办公室，又是仓库，客厅四壁整齐地摆放着一套由泛黄的套子罩着的家具，中央是一张圆桌，一盏煤油灯挂在圆桌上方，发出暗淡的光亮，镜框的位置正合适，里面嵌着刚从一份美国杂志的圣诞专刊上剪下来的石印油画。他不总坐在这个房间里，而是喜欢在卧室度过他的闲暇时间。在美国，他总是窝在租住的房间里，这让他养成了一个人居住的习惯，似乎卧室是使他舒服的唯一私人空间，里面摆有书籍和他的私人文件，当然还有书桌和一把摇椅。对他来说，坐在客厅有些不自然。他不喜欢脱掉外套，并且只有穿着衬衣才会让他轻松。

　　他已经在中国生活五年了，但还是一点儿中文也不懂，对那些需要花费人生中最好的几年来完成的事他毫无兴趣。他的生意是靠一个口译员完成的，而他的房子则由一个男仆管理。他时不时地会跑到几百英里外的蒙古，那地方荒凉、崎岖，根本坐不了车，只能骑矮马出入，累了就睡在路边的小客栈里，尽是些商人、牲口贩子、牧民、士兵、流氓和放荡之徒，显得危机四伏，当然，若真有骚乱，他面临的可就不是一点儿小冒险了。

　　他会去那些地方纯粹是为了生意，那里的一切都令他感到厌烦，所以每次他回到英美烟草公司那间熟悉的卧室都倍感欢欣。他非常热爱阅读，但只读美国杂志，那些寄给他的包裹里杂志数目简直惊人，并且从不扔掉，它们堆得满屋子都是。

　　他所在的城市是蒙古通向中国的关口，那里住满了中国人。蒙古人和他们的骆驼商队不断地出入城中，牛拉着大车，长长的队列一眼望不到尽头，车上是从亚洲腹地拉来的兽皮，伴着那轰隆隆的嘈杂声穿过条条拥挤的街道，他讨厌这些。那种一开门就可能迎接冒险的生活从未在他身上发生过，他更习惯从出版物里去了解这种冒险生活，比如一段发生在得克萨斯或者是内华达的冒险故事，他需要以此来使自己受到激发，从而热血沸腾。

陌生人

　　大热天出城走走是件很舒服的事。传教士走出了那艘悠然地沿河顺流而下的小船，舒服地坐进了在河边等他的轿子。他被抬着穿过了河边的一座村庄，开始向山上前行。沿着宽宽的石阶铺成的小路走，要一个小时，途中，径行于棵棵冷杉树下，不时可以瞥见一条宽阔的，在阳光的照耀下闪闪发光的河流，奔流在令人欢悦的绿色稻田之间。轿夫们迈着摇摆的大步行进，汗珠滴在后背闪闪发光。

　　这是一座神圣的山林，山顶有一座佛寺，上山的沿途有可供休息的房屋，在那里，苦力们把轿子停放几分钟，身穿灰袍的和尚会递上一杯花茶。空气清新而香甜，摇晃的轿子令人放松，使慵懒的旅途充满乐趣，也让在城里的一天过得还算值得。路的尽头是一间整洁的小平房，传教士在此避暑，那天邮包已经到了，给他送来了些信件和报纸，有四期《星期六晚邮报》和四期《文摘》。他所期盼的都是些令人愉快的事情，每当他远离喧闹的城市，来到青翠的山林中，那种和平（他常说的使人得到理解和安定的和平）就充满了胸臆，而这种想法很久以前就在他身上产生了。但此刻他烦恼极了，都因为当天遭遇到的那件倒霉的事，尽管微不足道，他却无法把其从脑中删除。正因如此，他的脸上充满怒气。

他的脸清瘦而敏感，五官端正，一双充满智慧的眼睛，却给人一种几乎是清心寡欲的感觉。他是个瘦高个儿，有一双蚱蜢一样细长的双腿，当他坐在轿子里时，随着轿子轻微地摆动时，那样子仿如一朵凋谢的百合花，荒诞极了。他是个温和的人，甚至连只苍蝇都不会去伤害。

他在城里的一条街上偶然遇到了桑德斯医生。桑德斯医生是个矮个子，头发灰白，面色红润，长了个翘鼻子，一张富于肉感的大嘴使他看起来奇怪而鲁莽。他很爱大笑，当他笑起来时，便会露出发黄的蛀牙，同时那双蓝色的小眼睛眯起来很古怪，看上去恶意十足。他有些像农牧神弗恩 ①，举止迅速又出人意料，走起路来健步如飞，好像他总

---

① 弗恩：罗马神话中的人物，长着英俊小生的脸和身体，鹿的腿、耳朵和尾巴，喜欢恶作剧，或者制造噩梦。

在赶时间。

他是一名医生，但却没有登记注册，住在尽是中国人的城中心。有人查了这件事，弄清了他原来具有行医资格，只是被取消了，至于到底犯了什么罪，是社会性的还是纯粹职业上的，便没人知道了，也没人知道他是怎样机缘巧合来到东方并定居在中国的海边，有一点很明显，他是一名聪明的医生，中国人都信任他。他避开了外国人，却没有避开关于他的那个十分不愉快的流言蜚语。每个认识他的人都跟他问好，但却没人邀请他到家里坐坐或是到他家去拜访。

当他们在那天下午遇见的时候，桑德斯医生大声说道：

"到底是什么风在今年的这个时候把你给吹到城里来了？"

"我要办些事情，不能再拖下去了，"传教士回答道，"我还要取些邮件。"

"几天以前，这里有个陌生人要找你。"医生说道。

"找我？"传教士惊讶地叫起来。

"嗯，也不是专门找你的，"医生解释道，"他想知道去美国教会的路怎么走，我告诉他了；但是，我也告诉他如今那里一个人都没有了。对此，他看上去相当惊讶，随后，我告诉他你们在五月份的时候都上山去了，九月份之前是不会回来的。"

"一个外国人?"传教士问道,仍在想那个陌生人会是何许人也。

"哦,是的,当然了。"医生的眼睛眨了眨。"后来,他又问我有没有其他的教会,我告诉他伦敦教会在这里有一个机构,但是去那里也没什么用,因为所有的传教士都不在那里,都到山上去了。毕竟,城里热得要命。'那我想要找一家教会的学校呢,'陌生人说道。'哦,学校都关门了。'我说。'哦,好吧,那我想找一家医院。''那值得一去,'我说道,'美国医院配备的都是最新的设备。他们的手术中心无可挑剔。''主治医生叫什么名字?''哦,他也上山去了。''那病人怎么办?''五月份到九月份之间没有病人,'我说道,'如果一旦有病人的话,他们只能由当地的药剂师将就一下了。'"

桑德斯医生停顿了一会儿。传教士看上去有些烦燥。

"然后呢?"他问道。

"陌生人犹豫不决地看了我一会儿。'我还是想在我离开之前去看看一些教会,'他说道。'你可以试试去找找罗马天主教的修道院,'我说道,'她们全年都在这里。''那么,她们什么时候休假呢?'他问道。'她们不休假,'我说道。说完他就离开了。我想他是去西班牙修道院了。"

传教士感觉像是掉进了一个陷阱,这使他烦躁不安。他觉得自己听他说话是多么的天真啊,他早该知道事情会是这个样子的。

"不管怎样，这个人到底是谁呀？"他天真地问道。

"我问过他叫什么名字，"医生说道。"'哦，我叫基督。'他说道。"

传教士耸了耸他的肩膀，突然叫他的黄包车车夫继续走了。他被气得底朝天。这也太不公平了。诚然，他们从五月到九月不在这里。可大热天里，做任何有用的活动都毫无可能性可言，而且，根据以往的经验，如果传教士们在山里度过夏天的几个月，便能更好地保存他们的健康和体力。一个生病的传教士只能是个累赘，这份工作需要具体的行动，如果一年中留出一部分时间用来休息和消遣，那么上帝的工作也会完成得更加有效些。当然，同罗马天主教比照是相当不公平的。她们都是不结婚的，不需要考虑家庭的事，死亡率高得可怕。就在那个城市，十年前有十四名修女来到了中国，现在除了三个还活着，其余的都死了。对她们来说，生活轻松至极。她们住在市中心，全年如此，工作起来毫无不便。她们没有什么牵绊，甚至对那些跟她们极其亲密的人没有什么责任。噢，把罗马天主教牵扯进来真是太不公平了。

但是，突然间，一个想法闪过了他的脑海，令他怨恼忿恨的是他还一句话没说就放走了这个无赖医生（你只要看到他那堆满恶意要拿你消遣的脸，便知道他是个无赖）。他当然有话去对付他了，只是当时没有想好要怎么说，而现在他想好了一个完美的巧妙回答，这使心满意足，几乎幻想着已经把这话说出去了。这是一句压倒性的反驳，他满意地擦着那纤长又消瘦的手掌。

"我亲爱的先生，"他当时应该这样说，"我们的上帝在救苦救难的整个过程中都不会声称自己是基督的。"这是一句无法辩解的斥责，一想到这，传教士便忘了他糟糕的心情。

民主精神

　　这是一个寒冷的夜晚。我吃完了晚饭，坐在里面燃烧着木炭的火盆前取暖，此时，我的仆人正在给我铺床。大部分苦力已经在我隔壁的一间房里住了下来，透过间隔的薄板墙壁，我听见他们中有几个人在说话。另一伙客人一个小时之前就到了，于是，这个小客栈就满员了。突然间一阵骚乱，我走到房门处向外看——三乘轿子进了院子，在我前面停了下来。从第一顶轿子里走出来一个矮胖的中国人，仪表堂堂，身着一件黑色的提花丝绸长袍，松鼠皮的内衬，头戴一顶方形皮帽。当他见我站在主客房门前的时候，似乎吓了一跳，随后转向店主，用命令的语气训斥起来；看样子他是个当官的，当他发现客栈里最好的房间已经被占了的时候，便勃然大怒。店主告诉他仅有一个房间还可以住，那是个小房间，简陋的小床板上铺着粗糙的稻草，摆满了四周的墙壁。按理这只是给苦力住的，官员恼怒不已，忽然间，场面变得热闹起来：官员，他的两个随从，还有轿夫们都大声叫嚷着，把这屋子塞给他们住是对其的侮辱，与此同时，店主和客栈的伙计们在不停地辩解、劝导，并恳求着。那官员狂怒咆哮，威胁恐吓，几分钟的时间里，原本宁静的院子响彻着怒气冲冲的大喊大叫。后来，声音消失了，有如它突然地爆发，喧哗声停了下来，官员住进了那间空房。一个衣衫褴褛的仆人端上了热水，不久，店主又随后端来了几碗热气腾腾的米饭。一切再一次恢复了平静。

一个小时以后，我走到院中，想花五分钟在睡前伸伸腿，有些让我惊讶的是，刚才那个极其自大又高傲的矮胖官员，正和我的几个衣衫破烂不堪的苦力们在一起，围坐在客栈前的桌边，友善地聊着天，那官员静静地吸着一管旱烟。他之前做的那些事都是为了给自己赚足面子，等目的达到，便会心满意足，想找人聊聊天了，更不会考虑社会地位的差别而跟苦力们一起聊。他的态度极为诚恳，没有一丝屈尊俯就的意思，苦力们在平等的基础上和他交谈。在我看来，这就是真正的民主。在东方人中，人与人之间这种平等的观念，既不同于欧洲人，也不同于美洲人。地位和财富带来的人与人之间的尊卑关系纯粹是偶然的，而这并不会阻碍人与人之间的社会交往。

我躺回床上，扪心自问，为什么在专制的东方，人与人之间却远比自由民主的西方还要享有更多的平等，答案只能出在肮脏污秽之地，我想不出其他结论了。因为在西方，我们由于气味相投而人以群分。工人是我们的主体，他们习惯于铁腕般的统治。不可否认，他们满身臭气，没有人会对此感到奇怪，因为要赶在早晨上班的铃响之前急匆匆地冲个澡，可不是件让人高兴的事儿，而繁重的体力消耗后还会有香气也不太可能，你那尖酸刻薄的妻子每周清洗时，你能帮上的忙有多少，换内衣的频率就有多勤。我并不是因为工人们身上有汗臭味而责备他们，他们身上确实有那种臭味。对于嗅觉敏感的人来说，这的确会造成社交上的困难。用早晨用的浴盆来划分等级远比出身、财富和教育有效得多。非常值得注意的一点是，那些从劳动阶级兴起的小说家常会把这作为社会偏见的象征，而且，当代最著名的一位作家在他有趣的故事里，把每天早晨洗个澡当作是那些无赖的标志。而如今，中国人的全部生活里都会闻到那些难闻的气味，但他们自己却没注意到这些，他们的嗅觉对于那些让欧洲人受不了的气味很迟钝，他们能够和田地里的农夫、苦力以及手艺人维持一种平等的社会关系，我想对于民主来说，污水坑比议会制更为必要。"卫生设备"的发明已经破坏了人与人之间关于平等的观念。相比于集中在少数人手中的资本垄断来说,这更是造成阶级仇恨的原因。

　　这是一种悲剧性的设想,当第一个人用手随随便便的拉下了抽水马桶水箱的把手时,他便拉响了民主精神的丧钟。

基督复临派宣讲师

    他是个大个子，体格强健，衣服穿在身上紧绷绷的，给人一种买了衣服后又发胖的印象。他穿的蓝色套装西服都是一样的，显然是百货商店的现成货（西服的翻领上装饰着一面小小的美国国旗），高而挺的立领，一条带有勿忘我花纹的白色领带，短小的鼻子和好斗的下巴在他那刮得干干净净的脸上凸显了坚毅的表情，一副大大的金边眼镜后是大大的蓝眼睛。他那沿两鬓向后梳的、平直而呆板的头发紧紧地贴在头皮上，但却在头顶倔强地翘起了一撮鸡毛般的头发。

    他是第一次沿长江向上游远行，但却对周围的一切丝毫提不起兴致。他不关心在他前面伸展的奔涌而逝的江水，也不关心日出或日落时分赋予自然的色彩是悲伤还是温柔。挂着白色横帆的大船顺流而下，平稳地前行。夜晚，月光给壮丽的江面洒下一片银辉，给岸边树林深处的庙宇增添了一种奇异的神秘色彩。平心而论，他对这一切毫无兴趣。一天中，他用一部分时间来学习中文，其余的时间他便用来读三个月前的《纽约时报》以及 1915 年 7 月的国会辩论，天知道这些东西为什么会在船上。他对即将要传音布道的这片土地上盛行的宗教一无所知，轻蔑地将它们都归为对魔鬼的崇拜。我觉得他从未读过孔子的《论语》，更别谈中国的历史、艺术和文学了。

　　我不知道是什么力量把他引到这个国家来的。说起他的工作，他说那就是一份差事，就像有人可能从事行政工作一样。虽然收入微薄（他抱怨自己赚的比一个手艺人还要少），他仍希望能把它做好，增加教堂的成员，使他的教会学校自给自足。倘若他曾认真地想过要使异教徒改变信仰的话，现在在他身上是完全看不出来了，他把所有的事情都看作是生意，而成功的最大秘诀就蕴藏在"组织"这个宝贵的词里。

　　他个性正直、诚实、有道德，然而却没什么强烈的爱好，包括对宗教的狂热。在他的印象里，中国人似乎都很愚昧无知，而这仅仅是因为他们不了解他每天做的事。他总是情不自禁地把自己看得高人一等，认为中国的法律对白人是没用的，甚至对中国人希望他入乡随俗的事感到愤怒。但他算不上一个坏人，脾气非常好，只要你不去试图质疑他的权威，他都会在能力范围内尽力为你服务。

哲学家

　　在我看来，如此偏僻的地方居然有一个这么大的城市，真让人惊讶。从城中带城垛的大门望向日落方向，便能看见西藏的雪山。城里拥挤异常，只有在城墙上你才能自由自在地散步，走路快的人也要三个小时才能绕城墙走一圈。一千里之内都没有铁路，全靠一条城外的河道，河道很浅，以至只有轻载的平底船才能安全驶过。乘坐舢板 [①] 也需要五天才能到达长江上游。在那心神不安的时刻，你会扪心自问：若要使生活继续，我们每天所乘坐的火车和轮船是否像我们所认为的那样必不可少呢？因为，在这里，成百万

---

① 　舢板：一种木质结构的小船。

人安家立业、婚丧嫁娶、生儿育女，直到衰老死亡；在这里，成百万人也在忙碌地从事着商业活动、艺术创造和思想交流。

　　这座城市还住着一位著名的哲学家[1]，拜会他对我来说是这次艰苦跋涉的原因之一。他是儒学在中国最大的权威，据说能流利地说英语和德语，曾担任过慈禧太后最大总督[2]之一的幕僚很多年，但现在他过着退隐的生活。然而，每周都有几天里，他的大门全年向那些渴求知识的人们敞开，向他们讲授孔子的教义。他有一批弟子，但人数很少，相比于他那简朴的住宅和严肃的训词，他的学生们多半更喜欢国外大学华丽的建筑以及外国人的实用科学，和他谈论这些内容的后果只会被他轻蔑地驳回。从我听说的他的这些事情来看，我推断他是一位富有个性的人。

----

[1] 哲学家：指辜鸿铭（1856—1928），祖籍福建省同安县。留学英、法、德等国，学博中西，号称"清末怪杰"，是满清时代精通西洋科学、语言兼及东方华学的中国第一人。他翻译了中国"四书"中的三部——《论语》《中庸》和《大学》，创获甚巨；并著有《中国的牛津运动》（原名《清流传》）和《中国人的精神》（原名《春秋大义》）等英文书，热衷向西方人宣传东方的文化和精神，产生了重大的影响，在西方形成了"到中国可以不看紫禁城，不可不看辜鸿铭"的说法。毛姆来中国时专程拜访了他。

[2] 最大的总督：指张之洞，曾任两广总督、湖广总督、两江总督，辜鸿铭在张之洞的幕府中任职二十年，主要职责是"通译"，即外文秘书。

当我提出想拜会这位著名人物的愿望时，我的房主立即表示可以给我安排会面。可是，日子一天天地过去了，我这边却杳无音讯。我向房主询问，他耸了耸肩膀。

"我派人给他送了张便条，叫他过来，"他说道，"我不知道他为什么还没有露面，真是个执拗的老家伙。"

我认为用如此傲慢的方式去接近一个哲学家是不合适的。他对这种召唤置之不理一点也没有让我感到意外。我给他写了一封长信，用我能够想到的毕恭毕敬的措辞询问是否允许我去拜访，还不到两个小时，我便收到了他的回信，约在次日上午十点见面。

我是坐着轿子去的。路途似乎漫长得无休无尽。我穿过了拥挤的街道，也穿过了冷清的街道，直到最后，我来到了一条寂静而空旷的街上，在一面长长的白色墙壁旁的一扇小门前，轿夫把轿子落下。其中一个轿夫去敲门，过了相当长的一段时间，门上的监视孔打开了，一双黑色的眼睛向外张望。经过简短的对话后，我们被准许进入。一位面色苍白、形销骨立、衣衫破旧的年轻人示意我跟他进去。我不知道这个年轻人是这位伟大人物的仆人还是门生。穿过一座破旧的院落，我被带入了一个狭长低矮的房间，家具寥寥无几，有一张美国的翻盖写字桌，两把红木椅子和两张中国的小桌。靠墙摆放的书架上摆满了书籍，当然，其中大部分是中国书籍，但也有不少英语、法语和德语的哲学和科学书籍，此外还有数以百计尚未装订的稿件。墙上还没被书籍占据的空白处，挂满了各种各样的书法卷轴，很可能是孔子的语录。地上没有地毯，显得冷清、空旷、极不舒适，只有摆在桌上的一只细长花瓶里的黄色菊花，缓和了这间房里的阴郁。

我坐在那儿等了一会儿，那个给我引路的年轻人才端来一壶茶、两只茶杯和一盒弗吉尼亚香烟。他刚出去，那位哲学家随后就进来了。我立即向他表示受此接见，不胜荣幸的感受。他挥挥手示意我坐下，倒了一杯茶给我。

"承蒙不弃，惠予枉顾，"他回答道，"贵国人同苦力和买办打惯了交道，一定认为中国人都是一样的。"

我冒昧地提出了异议，但仍没有搞清他说这番话用意何在。他向后倚靠在椅子上，用嘲弄的神情看着我。

"他们以为我们可以招之即来。"

此时我才弄明白，他对我朋友那该死的沟通方式仍怒气未消。我不知如何回答才好，便随口说了几句恭维的话。

他已经上了年纪，但个子很高，留着一条细长的灰色辫子，一双明亮的眼睛下有着厚重的眼袋。他的牙齿已经破损，还有些发黄，身体瘦得出奇，双手纤细而干瘪，像爪子一样。有人告诉我他抽鸦片。他身着一件黑色长袍，头戴黑色瓜皮小帽，都很破旧，深灰色的长裤在脚踝处扎系着袜带。他注视着我，还拿不准应该采取什么态度，仿佛在提防着我。当然，在那些关心精神世界的人们心中，他拥有高贵的地位。我们国家的权威人士本杰明·迪斯累里 ① 也认为，这种高贵必须用百般的恭维来加以对待。我竭力地恭维他，不一会儿，我注意到，他的行为放松了下来，好像是个等待照相的人，表情僵硬，准备就绪，当听到快门"咔嚓"的声响后，便放松了下来，恢复到了他自然的状态。

他指给我看他的书。

"我在柏林拿到博士学位，你知道，"他说，"在那以后，我又在牛津大学读了一段时间。但是，恕我直言，英国人在哲学上实在是没有什么天赋。"

虽然他发表这些评论时略带歉意，但是，很明显，说件令人略感不快的事对他而言并无不快。

"我们也有些哲学家在思想界不无影响。"我提示道。

"你是说休谟和贝克莱 ② ？我在牛津大学的时侯，那些在此教书的哲学家更为关心的是如何才能不冒犯他们的神

① 本杰明·迪斯累里：犹太人，英国政治家、小说家。英国保守党领袖、三届内阁财政大臣，两度出任英国首相。他任首相期间，大力推行对外侵略和殖民扩张政策。

② 休谟、贝克莱：前者是英国的不可知论哲学家、经济学家和历史学家，出生于苏格兰，也是苏格兰启蒙运动以及西方哲学史中最重要的人物之一。后者同为英国哲学家，出生于爱尔兰，是近代经验主义的重要代表之一，开创了主观唯心主义，并对后世经验主义的发展起到了重要影响。

学同事。如若危及他们自己在大学中的社会地位的话，他们便不愿遵循自己的思想来得出合乎逻辑的结论。"

"你研究过当代哲学在美国的发展吗?"我问道。

"你是说实用主义? 那是想要相信不可信之物的人们最后的避难所。相比于美国的哲学，我还是觉得他们的石油更有用。"

他的见解尖酸刻薄。我们再一次坐下来，又喝了一杯茶。他开始娓娓而谈，说着一口稍显正式但地道无比的英语，时不时借用一句德文短语。就目前来看，如说他顽固的性格确实受到了影响，便定是德国的影响，他们治学的严谨与勤勉给他留下了深刻的印象。当某位学术精湛的德国教授在一份著名的杂志发了某篇关于他著作的论文时，他更觉得德国人对哲学有天生的敏锐度。

"我写过二十本书，"他说，"那是我在欧洲出版界得到的唯一一次关注。"

他对西方哲学的研究到头来更使他相信，智慧只能隐藏在儒家教义的范围内。他坚定地接受了儒家哲学作为信仰，而儒家哲学完全地回应了他的精神需求，这使所有的西方哲学变得徒然无用。我对此很感兴趣，它证实了我的一个见解，即哲学是性格问题，而非逻辑问题，哲学家所相信的并非由证据导出，而是由自己的性情而来，他们的思考仅仅用于证实他们的直觉，从而让这个看法更有道理罢了。如果说孔子的学说受到中国人如此坚定地追崇，那是因为它解释并表达了中国人的性情，而其他的学说是做不到的。

我拜访的主人点了一根烟。起初，他的声音微弱、疲倦而无力，但慢慢地，当谈论到他感兴趣的事情时，他的声音宏亮起来，说话激情四射。在他身上毫无哲人的沉静，更像是一个雄辩家、一个斗士。他厌恶现在对自由主义的呼声。对他来说，社会是一个团体，而家庭便是这个团体的基础。他崇尚旧中国、旧学派、君主制与孔子严格的教义。当他谈及那些刚刚从国外大学毕业归来的学生们用他们亵渎神灵的手无情地撕毁这个世界上最古老的文明时，他的变得暴烈、尖刻起来。

"但是你们，你们知道在做什么吗？"他大声地说道，"你们有何理由认为自己的东西就比我们的好？你们在艺术或文学上超过我们了吗？难道我们的思想家不及你们的深刻吗？难道我们的文明不比你们的详尽、不比你们的复杂、不比你们的微妙吗？我这么说，是因为当汝等居山洞、穿兽皮的时候，吾邦已是开化的民族了。你是否知道，我们尝试过人类历史上独一无二的实验？我们寻求用智慧，而不是用强力来治理这个伟大的国家，而且连续好几个世纪，我们都是成功的。那么，为何你们白种人依然瞧不起我们黄种人？还需要我来告诉你吗？因为你们发明了机关枪。那是你们的优势。我们是自我防御薄弱的民族，置我们于死地对你们来说不费吹灰之力。吾邦哲学家梦想着用法律和秩序来治理国家，而你们却将这个梦想击得粉碎。现在你们又在向我们的青年人教授你们的秘密，将你们邪恶的发明强加给我们。难道你们不知道我们是一个对机械很有天赋的民族吗？难道你们不知道，在我们的国家，有四万万世界上最讲求实际、最为勤奋的人们吗？难道你们以为我们需要很长的时间才能学会这些吗？当黄种人也可以制造出同样精良的枪炮并迎面向你们开火时，你们还剩下什么优势呢？你们曾经诉诸机关枪，也必将受到机关枪的审判。"

就在那个时候，我们的谈话被打断了。一个小女孩悄悄地走进来，紧紧地偎依在这位老者身边。她用好奇的目光望着我。他告诉我，这是他最小的孩子。老人把她揽在怀里，边与她喃喃轻语、边亲吻她。她穿着一件黑色的上衣和一条刚到脚踝的黑色裤子，一条长长的辫子垂在背后。她出生那天，正是革命以皇帝的退位而宣告成功的日子。

"我想，她预示了一个新时代的春天，她也是这个伟大帝国凋敝前最后的花朵。"他说。

他从翻盖写字桌的抽屉里取出一些铜钱，给了小女孩，打发她出去了。

"你看，我留了一条辫子，"他说道，同时用手抚着辫子。"它是一个象征，我是旧中国的最后一个代表。"

现在，他用更加缓和的语气跟我谈起先哲们在久远的日子里是怎样带领弟子周游列国，教化所有贤能之人，国王们邀请他们来到自己的国家，封他们为各地的王侯将相。

他学识渊博，用他那雄辩的话语绘声绘色地向我讲述了他们国家的历史。我情不自禁地想，他或多或少是一个悲剧性的人物。他觉得自己有能力去治理这个国家，但却没有皇帝封他官职；他觉得自己学富五车，渴望施教于众多弟子，这是他精神上热切的希望，可是前来受教的人却寥寥无几，尽是些悲惨可怜、食不果腹、资质愚钝的乡下人。

有那么一两次，我审慎地暗示该告辞了，但他却不愿让我走。现在，我终究是不得不走了。我站了起来，他握住了我的手。

"我该送你点什么作为你来拜访中国最后一个哲学家的纪念，我是一介穷人，不知道送点什么东西能值得你接受。"

我推辞说把这次拜访本身作为纪念就是最好的礼物了。他笑了。

"在这个堕落的时代里，人们的记忆都很短暂，我想应该送给你一件有形的东西。或许我的书可以，但你又不会读中文。"

他带着友善的神情困惑地望着我。我有了一个主意。

"那送我一份您的墨宝吧，"我说道。

"你喜欢这个？"他笑了，"我年轻时狠下了功夫练字，现在看还不是完全拿不出手。"

他在书桌旁坐了下来，取出一张宣纸，铺放在桌面上，又在砚台上滴了几滴水，磨了会墨，便拿起笔来，手臂自如地一挥，开始书写。我一边看着他写字，一边兴趣盎然地想起别人告诉我的关于他的一些事情。说起这位老先生一有些小钱，便跑到那些常被委婉地称作烟花柳巷的地方把钱肆意地花掉。他的大儿子是这座城里有头有脸的人，常为父亲那丑陋的行为感到恼火和屈辱，只是因为强烈的孝道观念，才没有严厉地责备这种浪荡行为。我敢说，这种浪荡的行为对于他的儿子来说是件惊惶不安的事情，但是，对于研究人类本性的学者来说，却能泰然处之。哲学家常常会在书房里详细阐述他们自己的理论，根据他们仅仅是间接了解的生活而形成结论。我常常想，如果哲学家也能面临普通人所经历的悲欢离合，他们的书会具有更为确定的意义。我愿用宽容的态度看待这位老绅士背地里的放荡行为，或许他寻求的只是要阐明人类幻想里最不可思议的一面而已。

他写完了。为了使墨迹能尽快变干，他在纸上撒了一点灰，随后拿起来递给了我。

"你写的是什么？"我问道。

我觉得他的眼里有一点恶作剧般的神情。

"恕我冒昧，送给你我作的两首小诗。"

"我不知道您还是一位诗人。"

"当中国还是一个未开化的国家的时候，"他讥讽地反驳道，"所有受过教育的人都至少能写几句高雅的诗词。"

我接过纸，看着上面的中国字。这些字构成了一种令人赏心悦目的图案。

"可不可以请你也给我翻译一下呢?"

"译者即是叛徒，"他回答道，"你不能指望我背叛自己。还是请一个你的英国朋友帮忙吧。那些所谓的特别了解中国的人实际上什么也不知道，但你至少可以了解个大概的意思。"

我向他告辞，他极为礼貌地送我到轿子前。后来我有机会把诗拿给我认识的一位汉学家翻译，下面就是他的译文 ①。坦白地讲，诗是完美的，当我读它的时候，十分吃惊，毫无疑问，这是不合情理的。

第一首诗

　　当你不爱我的时候，

---

① 后来我有机会把诗拿给我认识的一位汉学家翻译，下面就是他的译文。——我应该感谢我的朋友 P.W. 戴维森先生的友好帮助。(——原文中的注解。)

你的声音甜美动人；
你的双眸笑意盈盈；

你的双手柔软温柔。
后来你爱上了我，
你的声音变得苦涩不堪；
你的双眸泪水涟涟；
你的双手尖刻刺骨。

悲哉，悲哉！是爱使你变得
不复可爱。

第二首诗

我曾渴求岁月匆匆
带走你明亮的双眸，
你肌肤桃花般的颜色，

还有你所有迷人的青春光彩。
那样便只有我会爱你

你终将会在乎我的爱。

令人艳羡的时光匆匆流逝
带走了你明亮的双眸，
你肌肤桃花般的颜色，

还有你所有迷人的青春光彩。

唉！可我却不再爱你
也不复在乎你的感受。

杭州：文澜阁前面的牌楼

广州内河码头：渔民生于斯，长于斯，逝于斯

Bing-oo 古镇：女子的贞节牌坊

Bing-oo 古庙：水闸与城墙

广州：山中远眺莲花塔

澳门：繁忙的街道

女传教士

　　她肯定有五十岁了，但她坚信生活中从没有什么疑惑和困扰，因此脸上没什么皱纹，而思想上的迟滞也未使她舒展的眉头紧锁，五官大气端正，颇有几分阳刚之美。她那坚毅的下巴使她的双眼更加突出，令你印象深刻。那双眼睛是蓝色的，自信而平静，这些都是你透过她那大大的圆形眼镜总结出来的。你会觉得这个女人总是轻易就能指挥别人，她的宽容、善良超过了所做一切事情的能力，显而易见，她的善心会贯穿她所做事情的全过程。要知道，她并非没有虚荣心（对她来说，这可以算作是一种魅力），她曾穿了一件紫色丝绸的衣服，上面还绣有很多花朵，一顶插满了三色堇①的无边女帽戴在头上，若是换个不太体面的人戴上这帽子，会显得很鲁莽。然而，我那在威茨特博当了二十七年教区牧师的亨利叔叔，他对一个牧师妻子的穿衣恰当与否有明确意见，可他却从未反对过我的婶婶苏菲穿紫色的衣服，所以那女传教士的外衣就没什么可指责的了。她谈吐流利，就像水龙头放水般平静地流淌着，言词又如政治家在结束竞选活动时令人艳羡的滔滔不绝，她知道要说什么（我们大多数人都鲜有这样的能力），也能把要说的意思说明白。

"我总是在想，"她愉快地谈道，"如果你了解一个问题的两面性，那么，就与只知其中的一面所作出的判断不同。但有些事如二加二等于四，即使你争论一晚上，也不能等于五。我说的对还是不对呢？"

我连忙回应她，表示她是对的，尽管对她用这种令人惊奇的方式来阐述相对性和平行线永不相交等新理论，我仍和大部分人一样，感到一丝不确定。

"没有人能在吃掉他们的蛋糕时还拥有着它，"她继续说道，并引用了克罗齐②关于语法对于表达起到的作用微乎

---

① 三色堇：欧洲常见的野花物种，是冰岛、波兰的国花。花朵通常每花有紫、白、黄三色，故名三色堇。

② 克罗齐：意大利著名文艺批评家、历史学家、哲学家，有时也被认为是政治家。

其微的理论作为例证，"一个人要泰然地对待人世的浮沉，我也总对孩子们说，你们不能期望每件事都按自己的意愿来。人无完人，但我总是觉得，如果你期待看到人们最好的一面，总会如愿以偿。"

我承认我犹豫不绝，但还是决定尽自己的一份力量来把话说明白，即使仅仅出于礼貌。

"大部分人的人生都很漫长，有足够的时间去发现每一朵乌云背后的一线希望。"我开始诚挚地说道，"只要你坚持不懈，定能做成大部分你能力范围的事情，毕竟，'有什么要什么'要比'要什么有什么'好一些。"

当我信心十足地陈述时，她的眼里闪现出了一种突如其来的困惑，不过，我敢说，那只是我的幻觉，因为她极为用力地点了点头。

"当然了，我明白你的观点，"她说道，"我们不能够做超出我们能力范围的事情。"

但我的火气来了，对她的插话置之不理，接着说起来。

"几乎没人认识到这个真理，每一英镑由十二个先令构成，每一先令由十二个便士构成。我确信，与其不明不白地穿过一堵砖墙，最好还是先看清鼻尖在那里。如果说有一件我可以确定的事，那就是整体要远远大于部分。"

此时，她衷心地和我握了握手，坚定且独特地向我告别，说道：

"真好，我们聊得非常有趣。在这样一个远离文明的地方和智慧相当的人交换思想，真让人觉得大有裨益啊。"

"尤其是借助别人的智慧，"我低声抱怨道。

"我总是认为，一个人应该吸取前人的伟大思想，"她反驳道，"这证明那些伟大的古人并没有白活。"

跟她的交谈真让人崩溃。

一局台球

　　我坐在旅馆的前厅里，读着一份几天前的《南华时报》，此时，酒吧间的门突然打开了，一个又高又瘦的男人略显鲁莽地走了进来。

　　"你想打一局台球吗？"他说道。

　　"当然可以。"

　　我站了起来，和他一起进了酒吧。这是一间石砌的小旅馆，外观多少有些矫揉造作，店主是一个吸食鸦片的葡萄牙混血儿。酒吧里不到五六个人：一个葡萄牙官员和他的妻子，正在等开往遥远殖民地的轮船；整天喝着闷酒的兰开夏郡①工程师；一位神秘的女士，早已不再年轻，但打扮得妖里妖气，在餐厅吃饭后会立刻返回自己的房间。

与我打球的是一个我从没见过的陌生男子，我想他是乘一艘中国船晚上刚到的，大概五十多岁，看上去干巴巴的，身上的水分仿佛都被炙热的太阳给晒干了，脸也几乎变成了砖红色。我猜不出他是干什么的，可能是个失业的船长，抑或是香港某家外国公司的代办。他极为沉默寡言，即使对我在打球中随口说的几句话，也默不作答。他的台球打得很棒，虽算不上出类拔萃，却也是一个令人愉快的打球伙伴，而且，每当他把我的球误打入袋，总是留给我好打的一杆球以代替让我连打两球的机会。若不是突然间他打破沉默，向我提了一个非常奇怪的问题，我肯定早就在打完球后把他忘了。

"你相信命运吗?"他问道。

"你是说打台球吗?"我回答道，他的言辞使我感到极为惊讶。

"不，我是说人生。"

我并不打算认真回答他的问题。

"我也不太懂。"我说道。

他打了他的那杆球，稍作休息后，边给球杆上粉边

———————————
① 兰开夏郡：英国英格兰西北部的郡。

说道：

"我信命。如果事情来找你，你便无处可逃。"

就是这些，他再没多说什么。当我们打完这局球后，他便上楼睡觉了。之后我再没看见过他。我永远也不会知道，到底是什么奇怪的情绪驱使他向一个陌生人提出了这个突如其来的问题。

船　长

　　我知道他喝醉了。

　　他是一艘新组建商船的船长，身材矮小、穿戴整洁，胡子刮得很干净，要是在过去，他肯定轻而易举就能拿下潜艇指挥官的职位。在他的船舱里，挂着一件漂亮的镶金边制服，那是为了表彰他在战争中发挥的作用，特批他带上商船，只是他羞于穿戴，因为这看起来很荒谬，毕竟他不过是长江上一艘小船的船长而已。他穿一套整齐的灰色外衣，戴一顶洪堡帽 ①，站在他那船的船桥 ② 上，在他那擦得锃亮的鞋面上，你几乎能照见自己。他的双眼清澈明亮，

---

① 　洪堡帽：卷边男毡帽。
② 　船桥：上甲板的前高处，指挥船只航行的处所。

皮肤光滑，尽管已经在海上待了二十年，算起来不会低于四十岁的年纪看上去还不到二十八。毋庸置疑，他是个生活严谨的人，身心健康，人们谈及的东方式堕落，对他来说遥不可及。他对通俗文学有着极佳的品位，书架上摆满了E.V.卢卡斯[①]的著作。在他的船舱里，有一张足球队的照片，队员里面也有他，还有两张年轻女人的照片，那女人梳着整齐的大波浪式发型，极有可能是他的未婚妻。

我知道他喝醉了，但应该还没醉得一塌糊涂，直到他突如其来地问句：

"什么是民主？"

我闪烁其词地回应他，显得有些无礼，接下来的几分钟，我们的谈话随着情境时不时说些应景的话题。随后，他打破了沉默，说道：

"我希望你不要因为我问你'什么是民主'，便认为我是一名社会主义者。"

"当然不会，"我回答道，"但是，我不明白你为什么不能是一名社会主义者。"

"我用我的名誉向你保证我不是，"他断然地说道，"如

① E.V.卢卡斯：指爱德华·维拉尔·卢卡斯，生于英国肯特郡的埃尔萨姆。从本世纪初至三十年代，卢卡斯不但作为作家，也以编辑和出版家的身份，对推动英国文学随笔这一体裁的繁荣和发展做出了不可磨灭的贡献。

果我大权在握，我便让他们靠墙站好，开枪打死他们。"

"那什么是社会主义呢?"我问道。

"噢，你懂我的意思，亨德森和拉姆齐·麦克唐纳①，以及所有的那类东西，"他回答道，"对工人这个词我实在是要受够了。"

"但是，我本以为，你本身就是工人啊。"

他沉默了好长一段时间，我以为他不再考虑这个问题了，但我错了，他仔仔细细想了好久，最后，他说道:

"听着，我不是一个工人。岂有此理，我可是从哈罗公学②毕业的啊。"

---

① 亨德森、拉姆齐·麦克唐纳:前者为英国政治家，工党创始人之一。是一九三二年世界裁军会议的主要推动者和组织者。获一九三四年诺贝尔和平奖金;后者为英国政治家，工党出身，与保守党和自由党合组国民政府，并另组国民工党。

② 哈罗公学:位于伦敦西北角，是英国历史悠久的著名公学之一。是英国最负盛名的私立学校之一，入读的多为本地区以外的富家子弟。

城镇景象

我不是一个勤奋的观光者，每当有导游或是友善的朋友催促我去游览名山，我都会固执地想把他们打发走，让他们做自己的事去。在我之前，已有太多双眼睛怀着敬畏之情注视过勃朗峰①；也有太多心灵满含深厚的感情为西斯廷圣母②的威仪而感到怦动。这样的景点就仿佛那些同情心泛滥的女人：你会觉得有太多的人在她们的怜悯中找到慰

① 勃朗峰：又译为白朗峰，是阿尔卑斯山的最高峰，位于法国的上萨瓦省和意大利的瓦莱达奥斯塔的交界处。勃朗峰的最新高度为海拔4810米，它是西欧的最高峰。

② 西斯廷圣母：意大利文艺复兴时期画家拉斐尔的作品，它以甜美、悠然的抒情风格而闻名遐迩。这幅祭坛画，指定装饰在为纪念教皇西克斯特二世而重建的西斯廷教堂内的礼拜堂里。

藉，以致当她们用老练的手腕叫你对着她们的耳朵小心谨慎、低声密语地说出你所有的不幸时，便会感到局促不安，仿若意味着你便是压倒骆驼的最后一根稻草！不，女士，我将会消解我的悲伤，如果我不能独自承受，那么，更好的办法是讲给一个不会用满口大道理来安慰我的人。当我身处异国城镇，我更喜欢随意地四处闲逛，也许我可能错过了一座哥特式大教堂带来的狂喜，但却可能因此遇到一座罗马式的小教堂，抑或是一个文艺复兴时期的门廊，我如此般自娱自乐，再不用担心别人来打扰了。

　　当然了，这确是一个异乎寻常的景观，倘若错过了，那可就太愚蠢了。我能碰上这景观纯属偶然，当时我正沿着城外一条尘土飞扬的道路闲逛，路边的一些纪念牌坊引起了我的注意。它们很小，也没什么装饰，一个个紧挨着立在路边一侧。有时，会有一个立在另一个的前面，仿佛它们立于此地并非为了表达对逝者的感激或是对贤良人士的赞赏，而仅仅是一种形式上的敬意，有如在国王的生日把骑士头衔授予那些偏僻小镇的杰出市民们一样。在这一排牌坊的后面，地势骤然升高，当地的中国人喜欢将死者埋葬在山坡之上，所以这里布满了坟墓。一条踩出来的小路通向了一座小塔，我顺路而行，发现这是一座矮墩墩的小塔，大概有十英尺高，由粗糙的石块砌成，小塔呈锥形竖立，塔顶的样子像法国哑剧中小丑戴的帽子一样。荒冢间的小塔在蓝天的映衬下显得古朴，甚至生动如画。塔脚下胡乱丢弃了许多破篮子。我绕了一圈，在其中的一边发现了一个椭圆形的洞口，大概有十八英尺长、八英尺宽，洞口垂下一根粗绳子，一种极为难闻，令人作呕的气味散发其间。突然，我意识到这奇怪的建筑是什么了。这是一座婴儿塔，那些篮子是用来装婴儿的，其中有两三个还非常新，它们被放到此处不过几小时。那绳子呢？哎，如果将婴儿送来的人——父母或祖母，接生婆或抱有同情的朋友——出于仁慈，不想把婴儿直接扔到塔底（塔底是一个深坑），便可以拽着那条绳子轻缓地将婴儿放下去，那气味就是来自腐烂的尸体。我站在那里，一个活泼的小男孩向我走过来，告诉我那天上午就送来了四个婴儿。

有些哲学家用他们洋洋自得的态度看待罪恶，他们认为没有恶，便不会有善；没有需求，便不会有施舍的机会；没有痛苦便不会有同情；没有危险便不会有勇气；没有苦恼便不会有放弃。他们会在中国人杀害婴儿的做法中找到合理的解释，要不是因为婴儿塔，这城市便不会有个孤儿院，旅行者便会错过一处有趣而又奇异的景观，一些女人便不会有机会践行她们美丽而动人的美德了。孤儿院已简陋不堪，位于城中贫困又拥挤的地区，管理它的西班牙修女只有五个人，实在是没什么钱在一个有利身心健康的地区建座宽敞的房屋，维持这个机构运转靠的是修女们教给女孩子织些花边，做些精美的刺绣手工活，还有些信徒的施舍。

院长和另一位修女带我看了一些可看的地方。我穿过了一些刷过白粉的屋子、工作间、游戏室、寝室和食堂，它们低矮、阴冷、空空荡荡，这很是奇怪，同样的场景你可能在西班牙也见过，甚至当你经过一扇窗的时候，还抱有一半希望能瞥见吉拉尔达塔①。看到修女们温柔地对待孩子的场景是很迷人的。那里有两百个孩子，当然，就他们被父母遗弃这一点而言，他们都是孤儿。在一个房间里，一些孩子正在玩耍，大概都是四五岁的同龄人吧，身高也都差不多，黑眼睛、黑头发和黄皮肤，他们看上去都如此地相像，就好像都是中国老婆婆鞋里住的孩子②。他们围着修女们挤作一团，嬉闹玩耍。院长有着我听过的最温柔的声音，但当她和那群小家伙们开玩笑的时候，她的声音变得更加温柔了。孩子们依偎在她的四周，看上去她恰如画中仁慈的化身。孩子们有的是畸形儿，有的带有疾病，有的瘦小丑陋，有的双目失明，看着有点不寒而栗，但当我看到院长那友善的双眼中满满的爱意和笑容中满怀深情的

---

① 吉拉尔达塔：塞维利亚的地标之一，不论在城市的哪个位置都能看到这座97.5米高的建筑。

② 中国老婆婆鞋里住的孩子：西方流行的一个民间故事，说有一位老婆婆住在一个大大的鞋子里，里面养了很多的孩子。

甜蜜时，震惊不已。

　　随后，我被带到了一间会客室，在那里，我吃了些甜甜的西班牙小蛋糕，喝了杯曼赞尼拉 ①，当我告诉她们我在塞维利亚 ② 住过的时候，她们叫来了一个修女，以便她能和见过其家乡的人聊上几分钟。她们骄傲地向我展示了简陋的小教堂，里面摆放着非常华丽的圣母玛利亚雕像、纸花、俗丽而粗劣的装饰。哎！这些可爱而虔诚的心灵已被这异常糟糕的审美占据。我并不在意，对我来说，在那可怕的鄙俗中，有一些东西确实让我很触动。当我准备离开时，院长问我是否想去看看当天新送来的那些婴儿，为了使人们把婴儿们送来，她们每个婴儿给两毛钱，两毛钱！

　　"你看，"她解释道，"他们通常要走很长一段路才能来到这里，除非给他们一些钱，否则他们是不会找这个麻烦的。"

　　她带我走进了一间靠近大门入口的小接待室，在那里，一张桌子上躺着四个盖着床单的新生儿。他们刚刚被洗好，套在一件大大的衣服里。床单被揭开，他们一个挨一个地躺着，身体朝上，四个微小的扭动着的小家伙，小脸红红

---

① 曼赞尼拉：一种略带苦味的西班牙雪利酒。
② 塞维利亚：是西班牙安达鲁西亚自治区和塞维利亚省的首府，都市人口约一百三十万，是西班牙第四大都市。也是西班牙唯一有内河港口的城市。

的，非常生气的样子，也许是因为刚被洗过，又或者非常饿，他们的眼睛异乎寻常的大，那么弱小、无助，当你看到他们的时候，会不由地露出微笑，同时，又会感到喉咙在哽咽。

黄　昏

　　黄昏将至，你厌倦了步行，坐进轿子向山顶进发，到达山顶时经过了一个石砌大门。你搞不懂为何在远离村庄的荒芜之地会有一座石门，但一段段厚实的墙壁提醒着你这或是某个久远的王朝为抵抗敌人而建的要塞废墟。当你穿过石门，会看见山谷下的稻田里闪闪发光，菱形的波光仿如《爱丽丝梦游仙境》中的棋盘一样，四周是圆形的绿树覆盖的群山。

　　随后，你沿着山间狭窄的石阶向下走，在渐浓的暮色中，穿过一片小灌木林，夜里，林地寒冷的风向你吹来。此时，你再也听不到轿夫们缓慢而匀称的脚步声，你的耳朵对其充耳不闻，无论是他们抬轿时换肩膀所发出的尖叫声，还是为了活跃单调气氛的无休止的闲谈，抑或是偶然间的片刻歌声。林地的气息与你路过布莱恩森林时闻到的肯特郡肥沃的泥土气息一模一样，无处可逃的乡愁。

你的思绪穿越了时空，远离此时此地，想起那悄然失去的青春，那青春满怀的希望，热情的爱，还有远大的抱负。此时，如果你是人们常说的愤世嫉俗的人，你也定会是个感伤主义者，眼泪会不自觉地从眼中潸然落下，等你恢复自制的时候，夜幕已经降临了。

正常的人

　　我曾经不得不学习解剖学，这是一门沉闷枯燥的学问，你要背诵一大堆莫名其妙的东西，但是，我的老师在帮我解剖一条腿时说的一句话却长久留存于我的记忆。当时我徒劳无助地寻找一根神经，老师用他高我一筹的技术找到了它，就在我没搜寻过的部位。我感到愤愤不平，因为教科书误导了我。他微笑着对我说：

　　"你要知道，正常的事情是世界上最稀有的事情。"

　　虽然他说的是解剖学，但也说出了人类的真理。偶然的观察却给我留下了深刻的印象，而许多深奥的道理都未曾让我如此牢记，从那时起过去的这好多年里，随着我对人性知识的增加，更使我加强了那是真理的确信。我曾遇见过上百人，他们看上去是完全正常的，结果却发现这只是他们当前的一种特性，几乎算是他们那一类人的标签。在所有最平凡的人们的外表下找出隐藏的古怪之处，这给我带来的乐趣可不是一星半点。我经常在人们身上惊讶地发现一种可怕的堕落，而那些人你可能会为此发誓他们绝对是普通人。最后，我发现寻找一个普通人就跟寻找一件珍贵的艺术品一样。在我看来，若能了解一个人，将会给我带来特殊的满足感，就像发现了美的本身。

我觉得我已经在罗伯特·韦布身上得到了满足。他是个相对小口岸的领事，有人托我给他带了一封信，一路上我听说了许多关于他的事，而且都是好事。每当我碰巧提到将要赶往他所在的口岸，总会有人很确定地说道：

"你会喜欢罗伯特·韦布的。他是个极好的家伙。"

从人的角度讲，他卸下官员之身的时候更受欢迎。他与商人们关系融洽，总是热心地为他们的利益着想；也不会和中国人敌对，他们欣赏他的坚定；更能得到传教士们的肯定，认为他的私生活值得嘉许。

在革命期间，他靠着机警老练，果断和勇气，不仅从巨大的危险中解救了当时仍在城中的外国人，还解救出了许多中国人。他自告奋勇在交战的两派之间当调停人，凭借他的足智多谋，竟达成了令人满意的解决方案，也因此即将得到升迁。我确信他是个非常有魅力的家伙，尽管算不上漂亮，但外表却令人愉悦。他很高，也许比一般人略高一些，身材匀称，一点也不胖，气色很好，身子微微向前倾（因为他年近五十岁了），早上看起来有些肿胀。这并不奇怪，因为在中国，外国人吃得太多、喝得太饱，罗伯特·韦布对生活中的那些健康食物都很喜爱，常备着好酒好菜，无论午餐或者晚餐，都喜欢和别人一起吃饭，经常是两三个人一起吃。他的眼睛湛蓝而友善，有着让人高兴的社交本领，钢琴弹得也非常好。他喜欢弹奏别人爱听的音乐，如果有人想跳支舞，他准会弹奏一支单步舞曲或是一曲华尔兹。在英国，他有个妻子，一个儿子，还有女儿，这可让他养不起赛马，但却保持着对赛马的强烈兴趣。他还是个网球高手，桥牌也打得比一般人要好。和他的许多同事不同，他从不仗势欺人，即使在俱乐部的晚会上也很平易近人，一点不矫揉造作。当然，他不会忘记自己是英王陛下的领事，虽谈不上自负，却很好地保持了与他地位相当的尊严，我很钦佩他这本领。

简而言之，他极其有礼貌，谈话让人愉快，尽管话题有些普通，但却多种多样。他有极强的幽默感，很会开玩笑，也很会讲故事。他的婚姻很幸福，儿子在查特豪斯公立学校读书。他曾给我看过一张照片，里面是个穿着法兰绒衣服的高大、俊朗的小伙子，他的脸坦诚而愉悦。他还给我看了他女儿的照片。在中国生活的悲剧之一便是必须与他的家庭长期分离，因为战争的缘故，罗伯特·韦布已经有八年的时间没有见过家人了。当他的儿子八岁、女儿十一岁的时候，妻子便把孩子们带回了家乡。他们曾计划过待到他的假期，全家再一起走，但他所驻扎的地方对两个孩子来说都不适合，便决定由妻子先把孩子带走，等三年后的假期一到，他便能回到英国和他们待上一整年。但是，当他的假期到来的时候，战争爆发了，领事馆人手短缺，使他的离开变成了不可能。他的妻子也不想和年少的孩子们分开，旅途艰难，又危险重重，没人预料到战争会持续这么长的时间，年复一年，时光荏苒。

"我上次见我女儿，她还是个小孩子，"当他给我看照片的时候说道，"现在，已经是要结婚的女人了。"

"你打算什么时候休假?"我问他。

"噢，我妻子正打算要来。"

"但是，你不想看看你的女儿吗?"我问道。

他再次看看照片，便把目光移开了，脸上有种奇怪的表情，我觉得那样子有些暴躁，他回答道:

"我已经离开家太长时间了。我永远也回不去了。"

我靠在椅背上，抽着我的烟，照片中有个十九岁的女孩，长着蓝色的大眼睛，梳着齐耳短发，漂亮的脸蛋，开朗而友善，但最引人注意的是她那特有的迷人的表情。罗伯特·韦布的女儿是个很迷人的年轻人。我喜欢那种魅力和胆识。

"当她给我寄这张照片的时候，我感到相当惊讶。"过不久，他说道，"我总是想着她还是个孩子。要是我在大街上遇见她，肯定认不出来了。"

他极不自然地淡淡一笑。

"这并不公平……当她还是孩子的时候，就习惯了被宠爱。"

他的双眼定在了照片上。我在他的眼中似乎看到了某种非常出乎意料的情感。

"我已很难认出她是我的女儿了。我原以为她会和她的母亲一起过来，但她却写信说她订婚了。"

现在，他的目光再次移开，我觉得，在他下沉的嘴角挂着一种奇异的困窘。

"我想，一个人到这里后，变得自私了。我感到十分痛心。但在她结婚那天，我请了领馆所有的人过来，开了一个盛大的晚会，我们都醉得不省人事。"

他满含歉意地向我笑笑。

"我不得不这样做，你知道的，"他尴尬地说道，"我有个可怕的包袱。"

"那个年轻的小伙子怎么样?"我问道。

"她爱他爱得要死。她给我写的信中别的什么也没说。"他的声音有种奇怪的颤抖。"把一个孩子带到这世界上来，教育她，宠爱她，还有许多诸如此类的事情，只是为了某个你甚至还没见过的男人，这太过分了。我是从别处得到他的照片的，我不知道放在哪里了，那和我没关系。"

他又给自己倒了一杯威士忌。他已经累了，看上去又苍老、又浮肿，很长时间都一言不发，随后，突然间重新振作起来。

"好啊，感谢上帝，她的妈妈很快就要来了。"

终究，我认为他也不是十分正常的人。

老　人

　　他已经七十六岁了，刚来中国的时候，才成年，在一艘船上当二副，之后再也没有回过家。从那时起，他做过许多事情，长年指挥一艘来往于上海和宜昌的中国轮船，甚至记住了伟大但可怕的长江中每一寸航道，还曾在香港做过拖船的船长，也曾加入过"常胜军"①的战斗。在义和团的动乱中他得到了很多战利品；辛亥革命时期，革命军攻打汉口时，他就城中。他结过三次婚，第一次娶了一个日本女人，随后是个中国女人，最后一个是他年近五十的时候娶的英国女人，现在她们都过世了，而那个日本女人

————————————
① "常胜军"：指中国清朝对抗太平天国后期，官、商出资予英法等外国军官，中国、南洋等地区佣兵组成的武装。

依然时刻萦绕在他的记忆中。他会告诉你,她是怎样把花摆放在他们上海的房子里的,一只花瓶里就只插一枝菊花或一小枝樱花;他也总是会记得她是怎样用双手优美地捧着一只茶杯。他生养了很多孩子,但对他们都毫无兴趣,孩子们定居在中国不同的港口,不是在银行就是在航运公司工作,很少与他见面。他也会为英国妻子生的女儿感到骄傲,那是他唯一的女儿,嫁得很好,但回到了英国,再也见不到了。

现在,他唯一还有点感情的人是他的仆人,他们待在一起四十五年了。那是个身材干瘪又矮小的中国人,头发秃顶,行动迟缓,同时也很严肃。他已经六十多岁了。他们无休无止地争吵着。老人总说要解雇他的工作,摆脱他的仆人,这时,仆人会说伺候一个疯疯癫癫的外国佬,简直糟透了。但他们彼此都知道,那些话都是言不由衷的。他们是老朋友了,两个人都已垂垂老矣,总是还会在一起,直到死亡将他们分开。

他娶英国女人的时候,正巧赶上他从船上退休,他把积蓄投在了一家旅馆上,却并没有成功。那个地方离上海不远,是个避暑胜地,彼时中国还没有汽车。他喜爱交际,在酒吧里荒废了太多时间,慷慨大方,赠送给客人的饮品几乎和收到的付款一样多。他还有个特殊的爱好,喜欢在洗澡的时候吐痰,那些比较挑剔的游客对此大为反感。当他最后一个妻子去世后，才发现一切都是他的妻子在维持才免于崩溃，没过多久，他就陷入了困境，由于所有的积蓄都已用来购买开旅馆的房产了，此刻，他不得不把房屋作为抵押而大量地贷款，以此来补足年复一年的亏损。在他六十八岁那年，还是被迫把房屋卖给了一个日本人，以还清债务，他已经身无分文了。但上帝为证，诸位，他可是个水手。长江上游一家经营轮船的公司给了他一个差事去做轮船的船长（他并没有船长证书），于是他又回到了所熟悉的江上了，在这个航线一跑就又是八年。

现在，他就站在那整洁的小船的船桥上，尽管船还不如泰晤士河上一条小汽船大，但他仍像个英雄：一件整洁的蓝色制服，站得笔直挺拔，与小伙子无异，苍白的头发上很神气地戴着公司的帽子，一撮山羊胡子也修剪得很整洁，完全看不出已经七十六岁高龄了。他回过头，手中拿着望远镜，身旁站了个中国船员，观望着那蜿蜒河流的广阔流域。一队船尾高耸、挂着横帆的帆船在激流中顺流而下，船员们一边吟唱着单调的号子，一边划着吱嘎吱嘎响的船桨。黄色的江水在落日的照耀下呈现出淡淡的、柔和的色彩，无比优美，那江面光滑得像镜面一样。沿河两岸的平坦地带是棵棵树木和破旧村庄里的座座小屋。白天还在热气中薄雾缭绕，此刻却在灰色天幕的映衬下，轮廓分明，就像皮影戏中的影子一样。当大雁的叫声传来，他抬起了头，看着大雁在头顶的那高高的天空中翱翔，排成了一个大大的"V"字形，飞向了他所不了解的遥远的地方。在那里，迎着日光，一座孤独的小山矗立，山顶上有些庙宇。因为他所看到的一切对他来说都太常见了，所以这给他的感觉有些微妙。他也不知为何，这即将逝去的一天会使他想到遥远的过去和自己那一大把年纪。他并不后悔。

"确实，"他喃喃自语地说道，"我的生活过得挺美好啊。"

原　野

　　诚然，那是一件完全微不足道的小事，而且很容易解释清楚，但令我吃惊的是，即使你看到了真相，却也能够被心灵的眼睛视而不见。当我发现一个人会完全受到联想的法则摆布的时候，我惊讶不已。

　　日复一日，我都在高地间穿行，我想应该就快到平原了，那里有一座古城，是我一定要去的地方。但当我清早上路，并没发现山势趋缓的迹象，事实上，座座小山看上去仍旧陡峭，在我登上其中一座小山顶时，本想着能看见下面的山谷，可呈现在我眼前的，却仍是一座更加陡峭、高耸的小山。我再次稳步向山上攀爬，远处可见我曾走过的长长白色堤道，它盘绕于崎岖的、黄褐色的岩石陡坡之间，在阳光下闪闪发光。天空湛蓝，小小的云朵一个个挂在西边天际，就好像是因无风而停靠在邓杰内斯角[1]等待夜深后离开的渔船。

我一路跋涉，不断攀爬，留心地期盼着在前方等待我的美景，如果在这个转弯处，那大概就在下一个，最后，倒是我想着其他事情的时候，那美景突然间出现了。那是我从没见过的中国风景——稻田、牌坊和精妙绝伦的庙宇，竹林中安置着几户农家，有些小客栈建在路边，路旁的榕树下一些可怜的苦力可能在休息，以缓解他们担的担子带来的疲惫。

我上一次见到这样的风景还是在莱茵河流域的山谷，宽阔的平原在落日的余晖中一片金黄，谷底的水流就像一条银色的丝带，穿过山谷，远处是沃尔姆斯[2]塔楼。就是这样一个广阔的平原留住了我年轻的目光，当时我还是海德堡大学的学生，穿过古老城市上方那冷杉覆盖的漫长山丘便道，我来到一块林中空地。在那里我第一次感受到了美；在那里我第一次满腔热忱地获取知识（我读的每一本书都是一次非凡的冒险）；在那里我第一次体会到了谈话的喜悦

---

① 邓杰内斯角：英格兰肯特郡南部荒凉的三角形砾石海岬，从隆尼（Romney）沼泽地突入英吉利海峡，北面则伸入多佛海峡。
② 沃尔姆斯：德国西南部城市。在莱茵河左岸、美因茨以南40公里。

（啊，这些绝妙的寻常事物，每个小伙子发现它们的时候都好像是从没有人发现过一样）；

　　清晨我漫步于阳光和煦的安拉吉绿地，一旦感到筋疲力尽，蛋糕和咖啡便能恢复我仍年轻的青春活力。闲暇的黄昏，我站在城堡的露台上，俯视古老城镇那坍圮的屋顶，蓝色雾霭弥漫缭绕其中。歌德、海涅、贝多芬、瓦格纳，多美啊！再加上斯特劳斯的圆舞曲，露天的啤酒店里乐队在演奏，一群扎着金发辫子的女孩静静地走过。所有这些事物——回忆所拥有的全部力量来自于感觉——对我来说，"平原"这个词无处不在，它不仅指莱茵河流域的山谷，还是我所熟知的唯一能表达幸福的广阔景象：落日洒下一片金色，一条银光闪闪的溪流从中流过，好像一条生命之路，又像是一种理想，引导你从中穿过，而远处是矗立在古老城镇中那一座座灰色的宝塔。

失败者

    他矮小健壮，戴一顶丛林浪人般宽边的奇异帽子，穿一件像里奇①画中海员穿的那种厚呢短大衣，还套了一条异常宽松的格子裤，天晓得这种剪裁是多少年前的流行款式了。当他摘下帽子，你会看见一头漂亮的长卷发，虽已年近六十岁，却几乎没什么白头发。

    他五官端正，穿的衬衣衣领对他来说大了好几码，这使他那粗大的，如塑像般的脖子完全露了出来。他的相貌像极了六十年代悲剧中的罗马皇帝，再配上他那深沉又浑厚的嗓音，活脱一副老派演员的样子，只是他那矮胖的身

---

    ① 里奇：全名约翰·里奇，十九世纪英国著名插图画家。

材使以上结论显得荒诞可笑。你尽可想象，他着重地高声朗诵谢里丹·诺尔斯的无韵诗而引得剧院后排观众异常激动，等他用极为夸张的动作跟你打招呼时，那洪亮的声音颤抖着，使你对他孩子的去世心如刀绞（在1860年的表演中）。过了一小会儿，你便会听到他向他的中国仆人要"我的靴子，仆人，我的靴子。我用一个王国来换我的靴子"。① 他坦言自己应该去当个演员。

"生存还是毁灭，这是个问题。但我的家庭，我的家庭，亲爱的仆人，他们会因羞辱而死，所以我要公然面对残暴命运的吊索和弓箭。"②

简单地说，他是作为一名品茶专家到中国来的。只是，他来的时候，锡兰③茶已经取代了中国茶，因此，他作为经销商想在短短的几年内使自己富起来是再也不可能的事了。可他过去的那种极度浪费的生活仍旧持续着，奢华无比，而此时，他已不再拥有支付这种生活的财富了，生活的斗争更加艰难了。最后，中日甲午战争爆发，随着台湾被割

① "我的靴子，仆人，我的靴子。我用一个王国来换我的靴子"。——仿照莎士比亚戏剧《查理三世》中的经典台词。
② "生存还是毁灭，这是个问题。但我的家庭，我的家庭，亲爱的仆人，他们会感到羞辱而死的，所以我要公然面对残暴的命运的吊索和弓箭。"——仿照莎士比亚《哈姆雷特》中的经典台词。
③ 锡兰：斯里兰卡的旧称。

让，一切都毁灭了。这位品茶专家四处寻求其他的谋生之道，酒商、承包商、房地产代理人、经纪人和拍卖商。他尝试了想象中所能做的每一种赚钱方法，但是，随着港口贸易的逐渐衰退，他的努力徒然无用。对他来说，生活已经不堪重负。最后，他终于有了一位破产的人该有的可怜样子，甚至还带点儿让人同情的地方，就像一个在恳求的女人，无法相信自己已人老珠黄，依然奢求别人的恭维来使自己安心，而她自己都不再相信那恭维之词了。

尽管如此，他仍有一丝安慰：他对自己的才能满怀信心。他是个失败者，这一点他完全知道，这并没有真正影响他，他坚信自己只是命运的受害者，他从未对自己的能力有过一丝半点的怀疑，连一个念头都没有。

戏剧学者

　　他递过来一张简洁的名片，形状和大小正合适，四周巧妙地围着黑框，上面是他的名字，名字下面印着：现代比较文学教授。他看起来很年轻，身材瘦小，有着纤小、优雅的双手，一只大鼻子，比你见过的其他中国人的鼻子要大一些，戴一副金边眼镜。尽管天气很温暖，他却穿着一件厚重的花呢西装，看上去有点羞怯。他用那种高亢的假声来说话，就好像他从来没有变过声，在我跟他谈话时，那刺耳的声音给我一种茫然的不真实感。他曾在日内瓦、巴黎、柏林和维也纳求学，能流利地用英语、法语和德语表达自己的意思。

　　他可能是讲授戏剧的教师，近期用法语写了一本论中国戏剧的书。国外的求学经历使他对斯克里布[1]有着异乎寻常的热情，并提出以此作为中国戏剧重建的模型。听到他呼吁戏剧应该是令人激动的，会让人充满好奇。他想要极佳的剧本、好看的场景、适宜的分幕、情节的突兀和十足的戏剧性。中国的戏剧往往运用精心设计的象征手法，那正是我们一直以来迫切需要的戏剧思想，但显然，它也因沉闷无聊而日渐衰退。诚然，点子不必拘泥于争夺情人这种烂俗的情节，它们需要新颖奇特而使人馋涎欲滴，而一旦陈腐，便会发出臭鱼烂虾般极为难闻的气味。

但另一方面，我想起了他名片上的头衔，便问这位朋友：为了让学生们熟悉当今的文学趋势，你会推荐学生读什么英语或法语书呢？他犹豫了片刻。

"我真的不知道，"他最后说道，"你明白的，那不是我的专业，我只专注于戏剧。但如果你感兴趣，我可以请我教授欧洲小说的同事来拜访你。"

"对不起，那不用了，"我说道。

"你读过《损伤的生命》[2]吗？"他问道。"我认为那是继斯克里布的作品之后欧洲创作出的最好的戏剧了。"

"你读过吗？"我礼貌地问道。

---

① 斯克里布：十九世纪初的法国剧作家。

② 《损伤的生命》：法国剧作家尤金·白里欧（Eugene·Brieux）写于 1901 年的作品。

"读过，你知道，我的学生对社会问题特别感兴趣。"

不幸的是我对那并不感兴趣，于是，我便尽可能巧妙地将话题引向了中国的哲学，那是我随意读过的东西。我提到了庄子。这位教授便哑口无言了。

"他生活在很久很久以前，"他说道，茫然不知所措。

"亚里士多德也一样。"我愉快地低声说道。

"我从没研究过那些哲学家，"他说道，"但是，当然了，在我的大学里，有一位研究中国哲学的教授，如果你对此感兴趣，我会请他来拜访你。"

和一个卖弄学问的教师争辩是毫无用处的，就像海神（依我看来有些自命不凡）同河神争论一样，故此，我便顺从他去讨论戏剧了。我的这位教授对戏剧的技巧很感兴趣，事实上，他正在准备讲授关于这个主题课程的讲稿，他似乎觉得这个主题既复杂又深奥。为了讨好我，他问我技巧的秘密是什么。

"我只知道两个技巧，"我回答道，"一个是要有常识，另一个是要紧扣要点。"

"写一部剧本除了那些之外就不需要别的什么了吗?"他语气中略带失望地问道。

"你想得到某种技巧，"我随着他的话说道，"但这跟打台球需要的技巧可不一样。"

"在美国所有重要的大学里，这些教授都在讲授戏剧的技巧。"他说道。

"美国人是非常讲求实际的民族，"我回答道，"我相信哈佛大学正在创立一个讲座来指导祖母们怎样去吮吸鸡蛋。"

"我想我没明白你的意思。"

"假如你写不出一部戏，那么没人能教会你；而假如你写出的话，那技巧就像圆木滚落一样轻而易举。"

这时候，他的脸上流露出一种极为生动的困惑神情，我想这仅仅是因为他无法决定圆木滚落是在物理学教授的领域之内，还是在应用机械学教授的领域之内。

"可是，如果写一部戏如此轻而易举的话，为什么剧作家们要花费那么长的时间去写呢？"

"你要知道，他们不是洛佩·德·维加[①]、莎士比亚或其他的上百个能轻而易举写出大量作品的作家。有些现代剧作家简直就是彻头彻尾的文盲，他们把两个句子合成一句话都几乎是不可逾越的困难。一位著名的英国剧作家有一次给我看了份手稿，我看到他写的一个问句：'你的茶中要加糖吗？'这个句子他写了五遍才完成。一个小说家总是不加修饰直截了当地说出他要表达的东西，那他便会饿死。"

---

① 洛佩·德·维加：西班牙戏剧家和诗人，一生写了一千八百多部作品。

"你不能管易卜生①叫文盲，众所周知，他曾花了两年时间来写一个剧本。"

　　"显而易见，易卜生觉得想出一个情节是个巨大的困难。他冥思苦想，月复一月，到最后，他失望至极，便用了他之前用过的那极为相同的情节。"

　　"你这是什么意思?"教授大喊道，他提高了声音，发出了刺耳的尖叫声。"你说的我一点都不懂。"

　　"你没注意到吗? 易卜生一次又一次的使用同样的情节? 一些人生活在一间密不透风、令人窒息的房间里，接下来，有个人到来了（从山上或者从海上），猛冲一下，将窗户打开，每个人的头脑都清醒起来，然后便落幕了。"

　　我原以为在教授那僵硬的脸上会有一刻被微笑点亮，但他却皱起了眉头，空无目的地凝视了两分钟。随后，他便站起身来。

　　"我打算把你的观点记在心里，再一次仔细研读下亨利克·易卜生的作品。"他说道。

　　在他走之前，我没有忘记向他提一个问题，那是一个虔诚的戏剧学者偶然间遇到另一个的时候总是会提出的问题。我问他，他认为戏剧的未来是什么。我想他会说"哦，见鬼!"，但考虑过后，我又觉得这个惊叹词应是"哦，天

———————————
①　易卜生: 挪威著名戏剧家，现代散文剧的创始人。其作品强调个人在生活中的快乐，无视传统社会的陈腐礼仪。

哪！"。可他叹了口气，摇摇头，什么也没说，把他那优雅的双手向上一挥，看上去一副沮丧的样子。

所有有思想的人在考虑中国戏剧的现状时的那种绝望和考虑戏剧在英国的现状时是不相上下的，这无疑是一种安慰。

大　班^①

　　没有人比他更清楚自己是个重要人物，一家著名英国洋行在中国的还算重要的分公司的头号角色。他通过扎实的能力使自己的事业不断地上升，回首三十年前刚到中国来的那个乳臭未干的小办事员，他淡然一笑。可当他想起来中国前那个朴素的家：一座红色的小房子，在巴恩斯郊区^②一长排红色的房子中的一个，那里的人拼命想挤进上流社会，而大多只落得个悲惨的结尾，相比于现在这座富丽堂皇的石砌大厦、敞亮的阳台和宽敞的房间，既是公司的办公室，又是他的住宅，他便心满意足地轻声笑了起来。

---

① 　大班：指旧时中国的洋行经理。
② 　巴恩斯：是伦敦的一个郊区。

从那时候算起，他可谓走过了漫漫长路。回想自己放学后（那时他在圣保罗学校读书）跟父母及两个姐妹一起坐下来享用茶点：一薄片冻肉、很多抹了黄油的面包，还有那加了大量牛奶的茶，每个人都自取所需，而现在他享用晚餐时总是盛装打扮，不论进餐的人是他自己还是有其他人，总会有三个仆人在旁边伺候。他的头号男仆对他的喜好一清二楚，不需要他为了家务琐事而操心费力。他吃饭总要储备一套正餐：汤、鱼、餐前开胃菜、烤肉、甜点和餐后菜肴，这样一来，就算他想在最后一刻请人来家里吃饭，也没有问题。他很喜欢这些菜肴，只是不懂为什么一个人进餐时的菜要比来客人时差一些。

　　他的确春风得意了，这也就是为什么他现在对回国毫无兴趣。他已经有十年没回英国了，但却会在日本或温哥华休假，在那里他肯定能遇到来自中国口岸的一些老朋友。他在家乡没什么值得交往的人，姐妹们都嫁给了与其身份地位相同的人，丈夫是职员，儿子也是职员，他和她们之间没有任何交集，只是每逢圣诞节，他都会送给她们一缎漂亮的丝绸、一块精良的刺绣或是一盒茶叶，以此来表达他的问候，他对此很满意。

　　他并非守财奴，只要母亲还活着，便会一直给她寄钱。可是，等他退了休，却并不打算回英国去，他已看到太多的人退休回国后的境况，那十有八九是个失败的故事。而他打算在上海的跑马场附近买一座房子，打打桥牌、骑骑马、玩玩高尔夫球，用这种极为舒适的方式度过他的余生。不过，离需要他考虑退休这件事还有好多年呢。再过五六年，希金斯就要回国了，他便会成为上海总公司的负责人了。抛开升职不说，他对自己能待在这个地方相当满意，在上海他是攒不下钱的，除此之外，这个地方还有一个上海比不了的优点：他是社交圈里地位最显赫的人，他说什么，就是什么。有一次，一位领事和他争执得互不相让，可最后倒霉的绝不是他。大班一想到这件事情，便翘起了他那好斗的下巴。

此刻，他却笑了，感觉棒极了。他刚在汇丰银行吃了一顿丰盛的午餐，招待标准非常高，菜肴都是一流的，还有各种各样的美酒。他先是喝了几杯鸡尾酒，接着又喝了几杯上好的白葡萄酒，最后，又喝了两杯波尔图葡萄酒和一些精酿白兰地。当他离开的时候，做了一件对他来说十分难得的事——步行回办公室。他的轿夫抬着轿子离着几步远的距离跟在他后边，以防他突然想坐轿子时便可以上轿，但此刻他却很享受于伸展伸展双腿。这些天他并没有做足够的运动。由于他太胖而不能骑马，便很难得到锻炼。但即便不能骑马，他仍旧养着几匹马，每当他在芳香的空气中漫步时，总会想到春天的赛马会。他有一对好马，并对它们满怀希望，他办公室里的一个小伙子原来是一名优秀的骑师（他必须得看住他以防他被别人偷偷地挖走，上海的老希金斯要出一大笔钱把他挖到自己那边去），应该能够赢上两三场比赛。他为拥有这城里最好的马厩而自鸣得意，这使得他像鸽子一样鼓起了他那宽阔的胸脯。多么美好的一天，活着多么美好。

当他走到公墓的时候，停住了脚步。公墓坐落于此，整洁而有序，这是他所在社团富裕的明显标志。每当他经过此地，总是带有一丝自豪感。他很高兴自己是个英国人。公墓坐落在一个选址时候并不值钱的地方，随着城市财富的增长，现在已经价值不菲了。有人提议把公墓迁到别的地点去，卖掉土地来建筑房屋，但从情感上考虑，提议遭到了他所在社团的反对。想到他们社团里的人死后都能安息在最值钱的地方，大班感到心满意足。那证明了他们有比金钱更加关心的东西，金钱被击败了，有比金钱更"紧要的事情"（这是大班最爱说的一句话），的确，一个人要记住金钱并不是万能的。

此刻，他想步行穿过公墓，望着那些坟墓——它们保持得很整洁，小径上也没有杂草丛生，看上去一片繁荣兴旺的样子。他一边闲逛，一边读着墓碑上的名字。在一处地方，一块墓碑上面并排刻着三个人的名字：玛丽·巴克斯特三桅帆船的船长、大副和二副，他们全都在1908年的台风中遇难了，他记得非常清楚。还有一组人的名字：两个传教士、他们的妻子和孩子们，是义和团动乱时被杀害的。那是多么骇人听闻的事情啊！倒不是他对传教士很看重，但岂有此理，一个人不能就这样被该死的中国人杀了啊。随后，他来到了一个认识名字的十字架前。好小伙子：爱德华·马洛克，他对酒毫无抵抗力，把自己给喝倒了，可怜的家伙，死的时候才二十五岁。大班知道许多人都这样儿。还有几个更简洁的十字架，每一个都刻有名字和年龄：二十五岁、二十六岁或二十七岁，他们的故事基本相同：年纪轻轻离开家到中国，从没有见过这么多的钱，每天都在一起花天酒地，都是很棒的小伙子，结果却因为酒到墓地里去了。在中国的沿海地区，你得有极好的酒量和健壮的身体才能经得住纯粹是为了喝酒而喝酒这件事情，这是令人悲伤欲绝的事情，可当大班想到身边有这么多小伙子都喝到地下去了，却情不自禁地微微一笑。有一个死者对他有过帮助，那是他公司的一个同事，资格比他老，也是个聪明的家伙，要是那家伙还活着，他也许就当不上大班了。果不其然，命运之路真是神秘莫测。啊，这里是娇小玲珑的特纳夫人，她是个可爱的小女子，与他还有过一段风流韵事呢。她的离世让他极度悲伤，看了看她墓碑上刻的年龄。如果她活到现在，也已不是年轻女孩了。随着他想起所有这些去世的人们，一种满足感在他身上蔓延开来。他把他们全都打败了。他们都死了，而他却活着，的确，他赢了。放眼望去，把所有那些拥挤的坟墓都收入眼中，接着，他轻蔑地笑了，几乎要搓起手来。

"从没有人觉得我是个傻瓜。"他喃喃自语道。

对于那些无法说话的死者，他有一种温厚的轻蔑感。他继续散步，突然间，看到两个苦力正在挖一个坟墓。他极为震惊，因为他并没有听说社团里有任何人去世。

"那是给哪个家伙挖的啊？"他大声说道。

苦力甚至连看都不看他一眼，继续在坟墓中干活，坑已经挖得很深了，大块的泥土被铲子抛上来。尽管他已在中国待了如此长的时间，却仍然不懂中国话。在他那个年代，人们觉得学那该死的语言没什么必要，于是，他便用英文问这些苦力，挖的是谁的坟墓。可他们听不明白，便用中国话回答了他，他因此咒骂苦力是无知的傻瓜。他想到布鲁姆夫人的孩子正在生病，可能已经死了，但若如此，他一定会听说的，再说，那也不是孩子的坟墓啊，一看就是个大人的坟墓，而且，那人还很高大，这真是不可思议。他真希望自己从没去过那个坟墓，便赶忙离开。坐进了轿子，他那快乐的心情已荡然无存，眉头紧皱，脸上露出心神不安的样子。一回到办公室，便把他的副手叫了过来：

"我说，彼得，谁死了，你知道吗？"

彼得对此一无所知。他便又叫来当地的一个职员，叫他到墓地去问问那两个苦力。他开始签署文件，等职员回来了，说苦力已经走了，那里没人可问。大班感到一片茫然，非常恼火。他讨厌对身边发生的事一无所知。他觉得自己的仆人应该知道，他总是什么事情都知道，大班派人把他叫了来，可那个仆人也没有听说社团里有什么人死了。

"我认识的人里面没人死掉，"大班暴躁地说道，"但是，挖那个坟墓有什么用？"

他叫仆人去找公墓的管理员，弄明白要是没有人死掉，他们挖那个该死的坟墓干什么。

"在你走以前，让我喝一杯威士忌和苏打水。"他又补充道，此时仆人正要离开房间。

他也不知为什么看到坟墓会让他如此不安。他尽力不去想这件事。喝过威士忌后，他感觉好了一些，便把工作做完了。他走上楼去，翻阅起《笨拙周报》[①]。再过几分钟，他将会去俱乐部，在晚餐前玩一两局桥牌。但如果他的仆人能回来跟他说些什么，他会更放松些。没过一会儿，仆人回来了，还把管理员带了回来。

"你挖坟墓是干什么的？"他直截了当地问管理员，"没有人死了啊。"

"我没有挖过坟墓，"那人说道。

"见鬼，你这么说是什么意思？今天下午，有两个苦力

---

① 《笨拙周报》：伦敦出版的适合中产阶级趣味的幽默刊物。

在挖一个坟墓。"

那两个中国人面面相觑。然后，仆人说，他们两个人一起去过墓地了，那里没有新的坟墓。

大班控制住了自己没有再说些什么。

"该死的，我可是亲眼所见啊，"这句话就在他的嘴边，但是，他并没有把话说出来。他把这些话强咽了下去，脸也变得通红。两个中国人目瞪口呆地看着他。有一阵儿，他都喘不过气来了。

"好吧。出去吧，"他气喘吁吁地说道。

但他们一离开，他便又把仆人喊了回来，仆人平静得令人抓狂，他叫仆人去拿一些威士忌来，随手用手帕擦了擦他满头大汗的脸。当他把酒杯举到唇边的时候，手是颤抖的。他们可以爱怎么说就怎么说，可是，他的确看到那个坟墓了。为什么，他仍旧能够听到苦力把一大铲泥土抛到比他们还高的地面上时那种沉闷的砰砰落地声。那意味着什么？他感觉自己的心在怦怦地跳着，不可思议地局促不安，他尽力让自己恢复镇定，认定这一切都是无稽之谈，那里没有坟墓，一定是幻觉。此刻他能做的最好的事情便是去俱乐部，而且，如果碰巧遇到一个医生，便可以请他给自己检查一下。

俱乐部里的每个人看上去都跟以前一样。他不知为什么自己认为他们应该和平时有所不同。眼前的一切对他是一种安慰。这些人多年来都活在彼此的生活里，有条不紊地过着按部就班的生活。他们已经养成一些小癖好——有个人在他玩桥牌的时候不停地低声哼哼，还有一个人则坚持要用吸管来喝啤酒。这些怪癖以前经常让大班恼怒，而现在却给了他一种安全感。他需要这些，因为他无法把看到的奇怪场景从脑海中忘掉。这次的桥牌打得很糟糕，而他的搭档又很挑剔，于是，大班发起火来。他感到人们都在古怪地看着他。他想知道他们在他身上看到了什么奇怪的东西。

突然间，他感到再无法忍受俱乐部的氛围了。在他离开时，看到医生正在阅览室里读着《泰晤士报》，但是，他没有勇气去和医生说话。他想亲自去看一看那里是否真的有一座坟墓，于是，他坐进了自己的轿子，叫轿夫把他抬到墓地去。人不能连续两次出现幻觉吧，不是吗？他还会叫上管理员跟着他，如果坟墓不在那里，他当然看不见，而如果坟墓真的在那里，他便要把那个管理员痛打一顿，用上他从没有过的力气。可是到哪里都找不到管理员。他出去了，并把钥匙也随身带走了。当大班发现他进不去墓园的时候，突然感到精疲力竭。他又回到了轿子里面，告诉轿夫把他抬回家去，以便在晚饭前躺上半个小时。他已经疲乏不堪。那就是问题所在。他听说人们疲乏的时候便会产生幻觉。当仆人进来取走他用餐时穿的礼服，他全靠意志力才从床上起来。那天晚上他极不情愿穿礼服，可他还是坚持做了，穿礼服对他来说是个规矩，每日如此，已经有二十年的时间了，坏了他的规矩是绝对不行的。他用餐时要了一杯香槟酒，这能使他感觉舒服些。后来，他叫仆人给他拿了最好的白兰地，喝了两杯之后，他觉得精神又好起来。让幻觉见鬼去吧！他走到台球室，打了几杆难打的台球，眼神依然看得很准，对他来说，那都不算什么事儿，上床后，他便马上沉沉地睡去了。

然而，他突然醒了过来。梦见了那个挖空了的坟墓，苦力们正从容地挖着坟墓。他确信自己见过他们，是亲眼所见，这时候，说那是一种幻觉简直荒谬至极。随后，他听到更夫巡夜时发出的敲梆声。这声音打破了夜晚的宁静，听起来是如此刺耳，使他毛骨悚然，恐惧包围了他。中国城市里那弯弯曲曲、纵横交错的街道令他感到恐怖，有一些阴森可怕的东西在庙宇那旋绕的屋顶里，那里有表情痛苦又扭曲的魔鬼。他厌恶那刺鼻的气味，也厌恶那儿的人，那些数不过来的穿着蓝褂子的苦力，穿着肮脏的破衣服的乞讨者，还有那些穿着黑色长袍的圆滑的、笑眯眯的、高深莫测的商人和地方官员，他们似乎带着威胁地压迫着他。

他恨这个国家——中国。

他因何而来？此时，他惊恐万分，必须离开这里。他可不要在这里多待一年或一个月，谁还在乎什么上海呢？

"哦，我的上帝!"他大喊道,"要是我能平安回到英国该有多好啊!"

他想回国。如果他要死了,他想死在英国。他无法忍受跟这些斜着双眼、咧着嘴笑的黄种人埋在一起。他想埋在家里,不想埋在那天他看见过的坟墓里。他不会在那里安息,永远不会。别人怎么想有什么关系呢?他们爱怎么想就怎么想吧。唯一重要的事就是一有机会就赶紧离开这里。

他从床上下来,给公司经理写了一封信,信中说自己病危了,必须请别人接替自己。除非万不得已,他再也不想待在这里了。他必须马上回国。

人们在早晨发现了这封信,信件紧握在大班的手里。他已经滑倒在书桌和椅子中间,完全断气了。

报　应

　　虽然他穿得远谈不上阔气，但也算得上体面，一顶青缎瓜皮小帽，脚穿黑缎布鞋，长袍是嘉定产的淡绿色印花丝绸所制，外罩黑马褂。

　　他年纪很老，留有长长的中国式连鬓白胡子，爬满皱纹的脸和蔼可亲（眉间皱纹比较多），大大的角质眼镜也挡不住他双眼的善意。他拥有所有你能在古画中看到的圣人模样，坐在竹林旁一座雄伟的山岩下，沉思着永生之道。

　　此刻，他的脸上却流露出一种极为厌烦的表情，友善的双眼也显出不悦的神情，因为他正忙于一种非同寻常的消遣（对于他这个相貌的人来说）——牵着一只小黑猪沿灌满水的稻田前进，这只小黑猪，急促而猛烈地四处乱跑，出其不意地闪躲，朝各个方向乱窜，就是不按老先生希望的那样走。他使劲拉着绳子，可这只小猪号叫着就是不愿意跟他走，不管他是好言相劝还是呵斥谩骂，小猪就是屁股朝地坐在那里，用怀恨的眼神望着他。我突然想到，在唐朝有位曾是术士的老人，他歪曲事实，使人们活在自己虚妄的想法中，他管那些妄想叫作功业。现在，没人知道经历了多少次轮回，轮到了他来面对难以应付的专横行为，为他曾经践踏过的事实偿还他的罪孽。

残　片

　　当你在中国旅行，我想再没什么比中国人拥有的对装饰的热情更能让你感到惊讶了。你会在纪念牌坊或者庙宇上发现装饰，很自然，这种场合总会有装饰，这是显而易见的；家具上也有装饰，这再自然不过了；就连平常百姓的日用物品上也布满了装饰，你满怀喜悦地发现，锡壶上尽是优美的设计；苦力们用的饭碗虽然粗糙，但也不失优雅的装饰，好像中国的手工艺人直到用线条或颜色打破物品表面的平庸才会把它看作是完整的，就连包装纸上都会印一个阿拉伯式的花纹。然而，更让你惊奇的是每家店面那精心制作的装饰：镀金或贴金的柜台显现出精湛的制作技艺，还有招牌上复杂精细的雕刻，也许这种精美壮丽只是起到广告的作用，店主这么做仅仅是因为路人和潜在的顾客会喜欢这种雅致，显然店主也颇为得意。当他坐在门口，吸着水烟管，透过厚厚的角质眼镜读报纸的时候，必定会带着愉悦的心情将目光停留在这些精美的装饰上：柜台上，长颈花瓶里面插着一株单个的麝香石竹。

即使在最贫困的村子，你仍会发现人们对装饰有着同样的喜爱。在那里，一扇门简朴的外观会被一处令人陶醉的雕刻调和，窗框也带有一种复杂而优美的样式。你很少见到所过之桥上没有艺术家的手艺，就算那桥建在人迹罕至的远方，那些石头如此堆砌是为了构成一种错综复杂的装饰，看上去有如被上天谨慎地审视过，以此来判断应该是一座平直的桥还是拱桥与周围的风景达到最佳的搭配效果。桥的栏杆上装饰着雄狮或者巨龙。在我的记忆里，有座桥被架设的原因一定是单纯为了感官的愉悦，绝没有任何的实用目的，因为尽管它宽得足够让两匹马拉的四轮马车通过，但却只连接了一个破旧的村庄到另一个同样的村庄之间的一条狭窄的小路，与它最近的城镇也要有三十英里。宽阔的河流在两座青山之间流淌，到这里便变窄了，河岸上生长着坚果树。那座桥并没有栏杆，它是用巨大的厚花岗岩板建造而成的，下面有五个柱子支撑，中间的柱子上雕刻着绝妙的巨龙，拖着一条有麟的长尾巴，而岩板外部的两个侧面上，从桥头到桥尾，都刻着非常浅的浮雕，样式细巧、精美又雅致得让人不可思议。

然而，尽管中国人如此煞费苦心地避免视觉上的审美疲劳，用他们独有的品位，通过在平凡的外观上造成鲜明对比的方式，尽心竭力地使装饰风格能够持久，到头来，却还是被人们的审美疲劳给打败了。雕刻的繁复会使人茫然迷惑，尽管那些各种各样的想法总带给人不断变化的感觉，独出心裁的工艺甚至会让你产生羡慕之情，但看得多了你会发现创新却寥寥无几，中国的艺术家就像是一位小提琴手，要用无穷无尽的技巧把单一的曲调演绎得千变万化。

有一次，我偶然碰见了一名法国医生，他比我早到这座城市，已经行医许多年，喜欢搜集瓷器、青铜器和丝绣。他带我去看了他的藏品。它们很漂亮，但却有些许单调。我敷衍地赞美了几句。突然间，我看见了一尊残缺的半身雕像。

"那是希腊雕像吗？"我满怀惊奇地问。

"你这么想的吗？我很高兴你这么说。"

头和手臂都已经没有了，雕像恰巧在腰部的上边断裂开了，但还有一块护胸的铠甲，中间是一个太阳，并刻有珀尔修斯[①]杀死巨龙的浮雕。这块残片倒不稀奇，但它是希腊的，也许是我太过沉溺于中国的精美之物，它竟使我莫名地感动起来，那感觉是我熟悉的，那感觉就在我的心里。

---

① 珀尔修斯：希腊神话中的英雄，是宙斯的儿子。

我用双手抚摸着它那饱经岁月沧桑的表面，带着一种连我自己都感到惊讶的喜悦。我就像一名海员，在热带海洋上漫游着，深知珊瑚岛那份闲适的美好，还有东方城市的种种华丽，却发现自己又一次回到了英吉利海峡那些昏暗的小巷，寒冷、灰暗又肮脏，但那是英国。

身材矮小又秃顶的医生双眼闪闪发光，摩擦着双手，激动不已地说：

"你知道它是在离此三十英里的西藏边界的这一边发现的吗？"

"发现！"我惊叹道。"在哪里发现的？"

"我的上帝，在地下。它已经被埋藏了两千年，人们发现了这座雕像和一些其他的碎片，我觉得会有一两件完好的雕像，但后来都被弄碎了，只有这个留存至今。"

希腊塑像会在如此偏远的地点被人发现，这真令人难以置信。

"你怎么解释这件事的呢？"我问道。

"我想这是一件亚历山大①的雕像。"他说道。

"的确如此！"

这简直是一部惊险小说。难道是马其顿的一个将军，在远征到印度以后，在西藏的雪山之间找到了通往中国这

————————
① 亚历山大：指亚历山大大帝，希腊的征服者，马其顿国王及将军。

个神秘的角落的路径？医生还想要向我展示满族服饰，但我已无法把注意力集中在那上面了。他能穿越这么远的距离来到东方去发现一个王国，那是一个多么勇敢的探险家啊！在那里，他为阿佛洛狄忒①建造了一座庙宇，还为迪奥尼索司②也建造了一座庙宇，在剧场里，演员们演唱着《安提歌尼》③，夜晚来临，诗人们在他的大厅里吟诵着《奥德赛》，他和他的手下聆听着，仿佛自己就是漂泊的老水手和他的那些追随者。那个已经掉色的大理石残片唤起了如此丰富的想象，多么难以置信的冒险啊！那个王国持续了多长时间？怎样的悲剧标志了它的落幕？啊，在那样的时刻，我眼中已看不到西藏的旗帜或者那些青瓷杯子，我看到的是帕提侬神庙④，庄严又秀丽，在其下面是静谧清澈、一片蔚蓝的爱琴海⑤。

---

① 阿佛洛狄忒：希腊神话中爱与美之女神。
② 迪奥尼索司：希腊神话中的酒神。
③ 《安提歌尼》：古希腊悲剧，是古希腊悲剧作家索福克勒斯公元前442年的一部作品，被公认是戏剧史上最伟大的作品之一。
④ 帕提侬神庙：在希腊首都雅典卫城坐落的古城堡中心，石灰岩的山岗上，耸峙着一座巍峨的矩形建筑物，神庙矗立在卫城的最高点，这就是在世界艺术宝库中著名的帕提侬神庙，又名帕特农神庙。
⑤ 爱琴海：世界著名旅游胜地，位于希腊半岛和小亚细亚半岛之间，属地中海的一部分。

出类拔萃

　　我总是记不住他的名字，但在港口，人们一谈到他，便会把他描述为一个出类拔萃的人。他可能有五十岁，清瘦的面庞，个子相当高，衣冠楚楚，穿着考究，蓝色的双眼透过夹鼻眼镜总流露出善良和快乐。是的，他生性乐观，爱开那些并非毫无笑点的玩笑，也能编造出可以让俱乐部酒吧里的那些人捧腹大笑的笑话，也能故意就他们团体里某个碰巧不在场的成员开些适度的玩笑，并没什么恶意。他那种幽默和音乐剧中的喜剧演员的滑稽在本质上是相同的。当人们提到他，他们经常说：

　　"你知道吗，我猜他从没当过演员，不然早就名动一时了，绝对出类拔萃。"

他随时准备着跟你喝上一杯，在你刚干完一杯后，他就会用那句中国成语来劝酒："好事成双？"

但他喝得恰到好处后，便一点儿都不喝了。

"噢，他清醒得脑袋还当当正正的立在肩膀的上边呢。"他们说道，"真是出类拔萃。"

当轮到他给某个慈善项目募捐的时候，绝不会比别人捐得多，这一点大家都心知肚明。同时，他也热衷于高尔夫球或者台球比赛。他是一个单身汉。

"对一个生活在中国的男人来说，结婚没有什么用处。"他说道，"你每年夏天都要送妻子回国避暑，而当孩子们开始变得有趣的时候，他们也得回国了。"那会让你花费好大一笔钱，而你从中却一无所获。

不过他倒是愿意给他那个团体里的任何一位女士提供帮助。作为怡和公司的老板，他有能力为别人提供帮助。在中国的三十年里，他为自己没说过一句汉语而自鸣得意。他从不到中国的其他城市去。他的买办是中国人，职员也是中国人，当然了，仆人还是中国人，给他抬轿的苦力们都是中国人，这是仅有的跟他有关系的中国人，对他来说已经足够了。

"我讨厌这个国家，我也讨厌这里的人。"他说道，"等我挣足了钱，我会立马离开。"

他大笑起来。

"你知道吗，上次我回国的时候，发现每个人都在谈论中国的帆船、画作、瓷器和呢料。别跟我说中国的东西，我跟他们说，只要我还有一口气，我就再也不想见到什么中国的东西。"

他转向了我。

"我要告诉你，我绝不会放一件中国的东西在房间里。"

但如果你想和他谈谈伦敦，他倒是能和你谈上几个小时。他知道二十年来上演过的所有歌舞喜剧，而且，即使身处九千英里以外，他也能够跟进莉莉·埃尔西[①]小姐和埃尔西·珍尼斯[②]小姐的动态。他弹钢琴，嗓音也很好听。不需要怎么劝说便会坐下来给你唱上一首他上次回国时听过的小曲。这个头发灰白的男人变化莫测的举止对我来说简直太怪异了，甚至有点不可思议。但当他把歌曲唱完，人们为他响起了热烈的掌声。

"他是无价之宝，难道不是吗?"他们说道，"噢，简直出类拔萃。"

[①]　莉莉·埃尔西：英国女演员。
[②]　埃尔西·珍尼斯：美国女演员、歌唱家。

老船长

　　船长大都是些沉闷无趣之人，他们的谈话内容都是关于运费和货物的，所到之处除了停泊港口的代理人办公室，以及他们那类人时常出入的酒吧、妓院，便没有别的了。他们与大海那种紧密相连的关系赋予了其浪漫的魅力，而他们把这都归因于那是从未出过海的人的想象。对他们来说，大海就是一种谋生之道，他们很了解大海，就像火车司机了解机车一样。就这个观点来说，海上工作就是一种枯燥的实际操作，他们是眼界狭窄的男人，是工人，大多数受教育程度很低，文化程度也不高。他们全都一模一样，既不精明敏锐，又缺乏想象力，但大多直截了当、勇气可嘉、诚实可靠。他们总是固执己见，永不打破原则。但他们也有局限性，置身于周围的环境中，他们就像目标物体在一张立体照片中一样，你几乎可以看见他们周围的一切，而其自身的显著特性也暴露无遗。

但是，没人比布茨船长更远离上述类型了。他是长江上游一艘小型中国籍轮船的船长，因为我是他唯一的乘客，曾彼此陪伴，在一起度过了很长时间。尽管他口齿伶俐，甚至有些滔滔不绝，但在我眼中仍是朦朦胧胧的，即使现在回忆，也仍旧是模糊不清的。我想正是他难以捉摸的缘故，才激发了我的想象力。诚然，他的外表没什么令人困惑的地方，身材高大，有六英尺两英寸那么高，体格健壮，五官粗大，面色红润友善。当他大笑时，便会露出一排好看的金牙。他的头非常秃，脸刮得异常干净，但他的两道眉毛是我所见过的最为浓密、丰足而又挑衅般上扬的，在双眉下是他那双温柔的蓝眼睛。

他是个荷兰人，尽管在八岁时就离开了荷兰，但说话仍旧带着家乡的口音。他无法发出"th"这个音，总是把这个音发成了"d"。他的父亲是个渔夫，驾着自己的纵帆在须德海① 捕鱼。听说在纽芬兰捕鱼业很兴旺，他便动身带着妻子和两个儿子跨越了宽阔的大西洋，在那里以及哈德孙湾②

① 须德海：原北海的海湾。在荷兰西北。13世纪时海水冲进内地，同原有湖沼汇合而成。
② 哈德孙湾：加拿大东北部的海湾。

待了几年之后——这一切已经是半个世纪前的事了——他们又绕行经过了合恩角①，去了白令海峡②。他们捕猎海豹，直到保护他们正在捕杀的这种动物的法律出台才停止。后来，布茨四处航行，那时他已经是个男子汉了，而且非常勇敢，天晓得他都去过哪里，在那些帆船上他最初做了三副，接着是二副，再后来当了大副，几乎终其一生都在航行，而现在却在一艘轮船上，这让他感到很不自在。

　　"只有在帆船上才能让人觉得舒适。"他说道，"开轮船无论在哪都觉得不得劲。"

　　他曾沿着南美洲的整条海岸线去寻找硝酸盐，随后，又去了非洲的西海岸，再后来，又到了亚洲，在马尼拉湾③捕鳕鱼。在那之后，他带着大量的咸鱼去了西班牙和葡萄牙。通过马尼拉的一家客栈里的熟人推荐，他觉得应该去中国海关那里试试。在香港，他被录用为一名海关检查员，不久后，又被任命为一艘轮船水上航行的指挥。他花了三年的时间去追查走私鸦片的船只，后来，在攒了一小笔钱之后，他给自己建造了一艘四十五吨的纵帆船，决心要乘

---

① 合恩角：合恩角是智利南部合恩岛上的陡峭岬角。位于南美洲最南端，是太平洋与大西洋分界线。
② 白令海峡：位于亚欧大陆最东端的迭日涅夫角和美洲大陆最西端的威尔士王子角之间，是沟通北冰洋和太平洋的唯一航道。
③ 马尼拉湾：在菲律宾吕宋岛西南，是南海东岸的重要天然港湾，为世界大港湾之一。

着它去白令海峡，再试试捕猎海豹的运气。

"我猜我的船员们都害怕极了，"他说道，"当我到了上海的时候，他们便都没影了，而我又不能没人同行，最后，我便不得不把船卖了，并搭乘了一艘去往温哥华的轮船。"

那是他第一次离开大海。他遇见了一个推销专利干草叉的人，便同意把干草叉带到美国去推销，这对船员来说是个奇怪的职业，他干得并不成功，因为在盐湖城①，雇佣他的公司早已倒闭了。他发现自己陷入了困境，便想办法又回到了温哥华，他想在岸上生活一阵儿，于是，便找了份房地产经纪人的工作，职责是把那些土地购买者带到他们的地块去，如果对方不满意，也要尽最大努力让他们在交易中不要反悔。

"我们曾卖给一个家伙一处山坡上的农场，"他说道，回忆起这件事时，他那双蓝眼睛眨了眨，"因为山坡太陡峭了，农场中的那些鸡都长得一只腿比另一只腿长。"

五年之后，他又萌生了回到中国的想法，并且毫不费力地得到了一份正向西航行的轮船上大副的工作，很快又回到了他从前的生活。从那时起，他跑遍了中国的大部分航线，从海参崴②到上海，从厦门到马尼拉，以及所有的大江大河。在现在所在的轮船上，他从二副被提拔到大副，

① 盐湖城：是美国犹他州的首府和最大城市，以紧靠大盐湖而得名，名列美国西部内陆城市的第三位，仅次于丹佛和凤凰城。
② 海参崴：是俄罗斯滨海边疆区首府，也是俄罗斯远东地区最大的城市。

最后，在一艘归中国人所有的轮船上，他被提拔为船长。他欣然地谈论起未来的计划。他在中国待得够久了，总是渴望在弗雷泽河 ① 边有个农场。他会给自己造一艘小船，捕一点鱼，鲑鱼和比目鱼。

"是时候该安定下来了，"他说道，"我在海上已经三十五年了，但我仍会做点船只建造方面的活儿，那很正常，我不是那种指望一件事情生活的人。"

他说得很对，这种漂泊不定的生活本身便把他的性格变得优柔寡断。他身上有某种流动性，所以，你并不知道能在哪儿把他抓住。他让你想起日本版画中那种暮霭沉沉、细雨蒙蒙的场景，无需任何暗示便已超乎了你的想象。他身上有一种特有的温文尔雅，这是我在那些粗鲁的老水手身上很难看到的。

"我不想冒犯任何人，"他说道，"与人为善是我努力要做的。如果人们不按你的想法去做，好好地和他们说，劝劝他们，没必要发脾气，尽量好言相劝。"

和中国人用这个原则相处可并不常见，而且，我也不相信他说的那些好话，在遇到一些困难后，他便会来到船舱里，挥挥手，说道：

"我真是拿他们没办法。他们根本不讲道理。"

---

① 弗雷泽河：加拿大华人称为菲沙河，加拿大不列颠哥伦比亚省中部大河。加拿大第十长河流。

那时，他的温文有礼看上去非常无力。但他并不是一个傻瓜，很有幽默感。在一个地方，我们的船吃水深度有七英尺多，而此地已经是这条河流最浅的地方了，航行非常危险，除非我们卸掉一部分货物，否则港务官不会给我们通行证。可这是最后一段航程了，船里装的是给下游驻扎多日的军队的军饷。港务官依然拒绝让这只船启航，除非把作为军饷的银元留下。

　　"我想我应该按你说的去做，"布茨船长对港务官说道。

　　"是的，直到我见到船只的标尺达到了吃水五英尺以上，才能给你证件，"港务长官回答道。

　　"我会告诉买办卸掉一些银元的。"

　　他把港务官带到了岸上的海关俱乐部，开始跟长官喝酒，并等着卸货的完工。他们两个人喝了四个小时。当他回到船上时，步伐稳健，和去的时候一样；然而，港务官却醉了。

　　"啊，我看见吃水标尺下沉了两英尺，"布茨船长说道，"那么，这就没问题了。"

　　港务官看了看船只侧面的数字，并确认无疑船只五英尺标尺与水平面平齐了。

　　"很好，"港务官说道，"那么，现在你可以走了。"

　　"我马上就开船离开。"船长说道。

　　事实上没有一磅货物被拿掉，只是一个机敏的中国人重新粉刷了标尺上那些数字罢了。

过了不久，叛乱的军队盯上了我们船上运载的银元，企图阻止我们离开沿河的城市，这时他展现出了一种令人称赞的坚定。他温和的脾气受到了考验，他说道：

"没有人能够让我待在我不想待的地方。我是这艘船的船长，而且我也是下命令的人。我要离开了。"

情绪激动的买办说，如果我们胆敢擅自离开，军队便会开枪。一位军官发出命令，士兵们单膝跪地，举起了手中的步枪。布茨船长看着他们。

"放下防弹网，"他说道，"我告诉你们，我要离开了，让中国军队见鬼去吧。"

他下令起锚，与此同时，那个军官下令开枪。布茨船长站在他的船桥上，形象有些怪异——一件老式的蓝色紧身针织毛衫，红红的脸庞和魁梧的身躯，看上去像极了你所看见的在格里姆斯比①闲荡的老渔夫。他摇了摇铃，我们的船迎着步枪的枪林弹雨慢慢离开了。

---

① 格里姆斯比：位于英国英格兰林肯郡亨伯河口的港口，是世界著名渔港。

疑　问

　　他们带我去了一座寺庙，在一座小山的山坡上，四周
那些黄褐色群山呈半圆形环绕着它，使它看上去异常宏伟
壮观，而实际上也的确如此。

　　他们向我介绍了那是怎样一种精美的艺术，一连串的
建筑物沿山坡攀升，直达最后的一处被树林环绕的、精美
的汉白玉建筑物，这是因为中国的建筑师喜欢用创造力去
美化装饰自然，并利用地形的高低起伏来完成其初衷。他
们向我解释这些树栽得如何巧妙，与汉白玉的大门形成了
鲜明的对照，形成了一个宜人的庇荫处，而在那里又充当
了背景的作用。他们让我注意观察那些雕有优美花饰的大
屋顶的绝妙比例，它们一层高过一层地向上攀升，极其奢

华。他们还指给我看那些黄色的瓦片，色调各不相同，人们便不会因大片相同的颜色感到憋闷，反而会为色调的微妙变化感到欢欣和愉悦。他们也指给我看大门那精巧复杂的雕刻如何与毫无装饰的墙面形成了鲜明的对比，人们因此便不会觉得视觉疲劳。

一路走来，他们带我参观了雅致的庭院，跨过了优美得令人惊叹的桥梁，穿过了供奉着神秘莫测、姿态各异的陌生神灵的庙宇。可当我问他们所有这些宏伟的建筑得以建成的精神是什么时，他们竟不能作答。

汉学家

　　他身材高大，颇为肥胖，肌肉也由于缺乏足够的锻炼而松弛，一张红润的方脸，胡子刮得干干净净，银发满头。他说话的语速极快，显得很紧张，而他的声音与他那体格相比就显得音量不足了。他住在一个恰好位于城门外的寺庙客房里，庙里有三名僧人，带一个小沙弥，照管寺庙，供奉神灵。他的房里中国家具极少，但有大量书籍，天冷的时候，我们围坐一起探讨问题全靠一个煤油炉取暖，根本不暖和。

　　他自认比在中国的所有外国人都了解汉语，用了十年时间致力于编纂一本字典，以期这部字典能取代一位著名学者的版本，那位学者他已厌恶了二十五年之久，真是既从汉学研究中获得了益处，又达到了发泄他私怨的目的。他有一名大学者所有的风范，你会觉得他定会在牛津大学成为一名汉学教授，那才是他最终的归宿。

他比大部分汉学家懂得的多，尤其在文化方面，的确，那些汉学家可能非常懂汉语，但很遗憾，除此之外他们便一无所知了。当你听到他谈论中国思想和文学时，便发现其内容的丰富性和多样性都是其他汉学家不具备的。

他把自己沉浸于独有的追求中，对赛马和打猎也毫无兴趣，因此，欧洲人都觉得他很古怪，总是用猜疑和敬畏的眼光看他，人总是如此看待与他们趣味不同的人。他们认为他神志不清，甚至还有人指控他吸鸦片，这种控告常见于那些在职业生涯中花费了大量时间使自己了解东方文明的白人。当你在他那连最常见的奢侈品都没有的房间里待上一时半刻，便会悟到他完全是一个过着精神生活的人。

这是一种单调的生活，艺术和美感并未触及到他，当我听到他满怀同情地谈论中国诗人时，我不禁自问：那些精华的部分到底有没有从他的指间溜走。他是个仅仅依靠书本接触现实的人。只有当荷花的美丽出现在李白的诗篇时，他才会为荷花那悲剧性的美丽而感动，也只有在一首尽善尽美、精雕细琢的四行诗里，他才会为那些娴静的中国女子的笑靥而热血沸腾。

副领事

　　轿夫在衙门里放下了他的轿子，并掀开了保护他免受倾盆大雨的轿帘。他把头探出来，像一只小鸟在寻找巢穴，接下来是高高瘦瘦的身体，最后是他那细细长长的双腿。他在那里站了一会儿，有些不知所措。他非常年轻，修长的四肢有些笨拙，或多或少凸显了他乳臭未干的样子，圆脸（比起他身体的高度，他的脑袋看上去特别的小）配上他的好气色，特别有孩子气，一双讨喜的棕色眼睛透着天真和率直。他的官职所赋予他的那种自视过高的感觉（不久前他还不过是个见习译员）与他那害羞的天性斗争着。他把名片递给了法官的书记员，随后被带到了法院的内庭坐下。内庭里冷风阵阵，副领事很庆幸自己穿了件厚雨衣，一位衣衫褴褛的侍者送上了茶和烟，而那位身着破旧黑色长袍、瘦骨嶙峋的年轻书记员，居然曾在哈佛大学学习，兴高采烈地向他炫耀起了流利的英语。

法官走了进来，副领事站起身，发现法官是个肥胖的绅士，穿着厚厚的棉衣，脸盘很大，笑意满满，戴着一副金边眼镜。他们坐了下来，品着茶，抽着美国香烟，谦恭有礼地闲聊着。法官没有讲英语，但他觉得副领事的中文也没那么熟练，便不由自主地担心起这位副领事能否不辱使命。此时，一位侍者走了进来，对法官说了几句话，接着，法官客气地询问副领事是否准备好了要他办的事情。

通往外庭的大门打开了，法官走了出去，在审判桌前的大椅子上坐下，审判桌位于外庭中央的台阶之上。此时，他便不再微笑，本能地摆出了他所在职位那种特有的不苟言笑的架势，尽管他身材臃肿，但走起路来却有一种不俗的庄重感。顺着法官礼貌的示意，副领事在他旁边坐了下来。书记员站到了桌子的一端。随后，外面的大门猛然间被开得大大的（在副领事看来，没有什么事情比这扇大门的敞开更具有戏剧性了），很快，罪犯带着几分怪异的慌张神情走了进来，来到法庭的中央，面向法官，呆立不动。在他两边分别有一名穿着卡其布制服的士兵。他是个年轻人，副领事觉得他的年龄还没有自己大，只穿了一条棉裤和一件棉衬衣，虽然已经褪色了，但还算干净、光着头、赤着脚，看上去和那些成千上万的苦力没什么不同，他们千篇一律地穿着蓝褂子，每天都在城市拥挤的街道从你身边穿梭而过。

法官和罪犯默然相视，副领事朝罪犯看了一眼，随即便很快地向下转移了目光：他不想把他的表情看得那么清晰，总感到有些尴尬。向下的目光让他注意到这个人的双脚是那么的小，匀称而纤长，双手被绑在了身后，显得很瘦弱，使你联想到一个仅靠美丽的爪子支撑站在那里的野生动物，举止带有一种特殊的优雅。但副领事的目光还是被不情愿地拉回了他那椭圆形、光滑又毫无皱纹的脸，脸是铁青色的。副领事之前常读到"吓得脸色发青"这样的话，他觉得那只不过是虚构出来的表达方式罢了，可此刻他亲眼所见，吓了他一跳，也使他有些羞愧。罪犯的双眼与他人无异，并非像人们误会的那样，总是认为中国人的目光是歪斜的，他的目光正直，双眼出乎意料地又大又亮，紧紧盯着法官，看上去可怕极了。然而，随着法官向他提出了一个问题后，审讯和判决便结束了，他那天上午被带去只是为了验明身份，他的回答洪亮而清晰，甚至有些大胆。尽管他的身体可能出卖了他，但他仍旧是他意志力的主人。法官简短地下了个命令，罪犯便由身旁的两名士兵带了下去。法官和副领事站了起来，走到门口，他们的轿子在那里等候着。罪犯和看守也在那里，尽管双手被绑，他还是抽了一根烟，一小队士兵躲在雨搭下避雨，当法官出现，指挥官便下令其列队。随后，法官和副领事坐进了轿子。指挥官下令，整队士兵开始前进，跟着他们几码① 之后的是罪犯，随后是法官的轿子，最后是副领事的。

他们穿过拥挤的街道快速前行，街道旁的店主漠不关心地注视着行进的队伍。寒风瑟瑟，雨也下个不停，穿着棉衬衣的罪犯一定已经湿透了。他步伐坚定，头高高扬起，可以说是神气活现的。衙门到城边有一段距离，需要近半个小时才能走完。随后，他们穿过城门来到城外。四个身着破旧蓝色衣服的男人——看上去像是农民——对着墙站在一口粗劣的棺材旁，那棺材制作粗糙，也并未刷漆。罪犯路过的时候瞥了它一眼。法官和副领事从他们的轿子里下来，指挥官命令士兵们站定。罪犯被带到城外两块稻田中间的小路上，跪下，但指挥官认为这个地点并不合适。他叫罪犯站了起来，又走了一两码路，再一次跪了下来。一个士兵从队伍中出列，在罪犯的身后大概三英尺的位置站好，举起了枪。指挥官下达了命令，枪声响起，罪犯倒了下来，并向前抽搐着动了一小下。指挥官走上前，发现其还没有完全断气儿，便又朝他的身体开了两枪。随后，指挥官再一次地整理了他的队伍。法官朝副领事微微一笑，

——————

① 码：英制中丈量长度单位，1 码等于 3 英尺或 36 英寸，也等于 0.9144 米。

相比于微笑，这更像是一个怪笑，扭曲了法官那张肥胖又和善的脸孔，令人感到痛苦。

他们坐进了各自的轿子，到了城门口便分开了。法官躬身向副领事谦恭地告辞。副领事起轿往领事馆而去，他经过了人头攒动、迂回曲折的街道，这里的人们生活依旧，与平时没什么分别。由于轿夫们都是健壮的小伙子，轿子行进得很快，但同时副领事的思绪也被轿夫们持续不断地让人们让路的叫喊声烦扰，他想，蓄意去了结一个人的生命是多么可怕的事情，又是个多么重大的责任啊。人类的存在历史悠久，我们每一个人在这世界上都是无数的、一系列神奇的事件交织而来的结果。与此同时，他又感到生命是如此的渺小。一个人或多或少都有些微不足道。但刚到领事馆，他便看了看他的手表，没想到已经这么晚了，便让轿夫把他抬到俱乐部去。到了喝鸡尾酒的时候了，天哪，他又能够喝一杯了。当他进去的时候，已经有十几个人站在吧台那儿了。他们知道他上午去做了什么差事。

"呃，"他们说道，"你看见那个坏家伙被枪毙了吗？"

"当然，我看见了。"他漫不经心地大声说道。

"一切都进行得顺利吗？"

"他只是扭动了一下身体。"他转身对着酒吧的服务员说道，"跟往常一样，约翰。"

山　城

　　他们这样来讲述这里：如果阳光能照到这里，狗都会
叫起来 ①。这是一座灰暗阴郁的城市，雾霭缭绕，位于两江
交汇的岩石上，周围尽被江水冲刷，但有一侧是浑浊的激
流。这块岩石就像是一艘古代单层甲板大帆船的船头，看
上去有如被一个奇怪的非自然生命所拥有，竭尽全力地颤
抖着，有如在湍急的江流中逆风航行，崎岖的山脉将其团
团围住。

---

① 　如果阳光能照到这里，狗都会叫起来：来源于成语"蜀犬吠
　　日"，原意是四川多雨，那里的狗不常见太阳，出太阳就要叫。
　　比喻少见多怪。出自唐·柳宗元《答韦中立论师道书》："屈子
　　赋曰：'邑犬群吠，吠所怪也。'仆往闻庸、蜀之南，恒雨少日，
　　日出则犬吠。"

城外，破旧的房屋成片地建造于此，当河水很浅的时候，一群碰运气的居民便按照船夫们的要求谋生。此时上千只帆船停泊在那里，一只接一只地紧紧挤在一起，人们的生活与江水的动荡全然相同。一条陡峭又曲折的石阶通向一个门口有神殿守护的大门，大门的里里外外每天都有挑水的苦力们来来往往，他们挑着湿淋淋的水桶，从水桶中溅出来的水把石阶和大门内的道路都淋湿了，就好像刚刚下过大雨一样。在这里，多走几分钟的平地都是困难的，到处都是石阶，简直和意大利里维埃拉①山城的一样多，一条条街道因为空间狭小都挤压在了一起，昏暗狭窄、蜿蜒曲折、连绵不绝，想要弄明白该往哪走就像在迷宫里找路一样。街上人群的密集程度有如伦敦的某个剧院散场后，观众们都涌入了人行道，你需要推开人群才能走过去，而每当轿子过来，你还要躲到一边，苦力们挑着担子，四处奔走着的商贩叫卖着几乎所有你想买的物品，跟你擦肩而过时，便会刮撞到你身上。

　　一家家店铺朝着街道大敞四开，没有窗户和大门，建得极其拥挤，就像艺术品和手工艺品的展览会，更仿佛英国中世纪时街道的样子，各种各样的产业凑在一起，人们在每个城镇都能得到满足人们所需的必需品。如此，你可

---

① 里维埃拉：地中海沿岸区域。意大利迷人的海边小镇，亦为意大利旅游胜地。

能会路过肉铺一条街，动物的肉和内脏血淋淋地挂在你的两侧，苍蝇嗡嗡地围着它们飞，而癞皮狗则在下面饥饿地四处觅食；还有整条街道的每一座房子都有一个手摇纺织机，人们在忙碌地纺着棉布和绸缎；还有数不清的饭铺，浓浓的香味从里面飘出来，时时刻刻都有人在那里吃饭。随后，通常是在一个街道的拐角，你会看见茶馆，一整天都有各种各样的人聚在那里喝茶、抽烟。理发师们在大庭广众之下经营着他们的生意，你会看见人们身体微倾，双臂交叉，耐心地等着理完发，另一些人则在被人掏耳朵，或者在被人挖出眼皮里的脏东西，真是个令人恶心的场面。

这是一座噪声极为混杂的城市：小商贩用来宣布他们出现的木制锣声；盲眼艺人或是按摩女子敲板子的声音；男人在小酒馆里用刺耳的假嗓子唱歌的声音；正在举行婚礼或是葬礼的房子里传出的响亮的敲锣声。还有苦力们和轿夫们那粗粗的喊叫声；乞讨者们吓人的悲号声，他们勉强用肮脏又破旧的衣服盖住四肢，同时，还生着令人恶心的疾病，这真是张人性的讽刺漫画；喇叭手吹出的错乱又忧郁的声音，他不断地练习着无论如何也吹不好的一个声调；另外的声音就像是所有这些声音的低音部分，引人注意的谈话声，人们大笑、吵架、开玩笑、叫喊、争论和说三道四的声音。这是一种不停的喧闹，起初，这声音显得非同寻常，接下来便是令人困惑和恼怒的，最后，简直让人发疯。你渴望有那么一刻是彻底安静的。在你看来，那将是一种令人感到舒适的愉悦。

然而，接下来这些使你厌烦了的人群和让你的耳朵疲惫不堪的喧闹声混合在一起的，是一种恶臭。时间和经验使你学会了辨别千种不同的气味。你的嗅觉变得灵敏起来，恶臭的味道冲击着你的神经，就像是一些陌生的乐器演奏着一首可怕的交响乐时对你造成的冲击一样。

你无法说出这些蜂拥在你身边的上千条生命到底是什么。你对自己国家人民的同情和了解给了你一个支撑，你能够进入他们的生活，至少可以想象自己进入了他们的生活，通过这种尽心竭力的想象，也可勉强在大体上把他们当成自己的一部分。但这些人对你来说是陌生的，就像你对他们来说也是陌生的一样。对于他们的秘密，你毫无线索。尽管他们与你如此相像，但却也并未对你了解他们有什么帮助，反而更凸显了他们与你的不同。某些人会引起你的注意，比如，一个面色苍白的年轻人，戴着大大的角质眼镜，胳膊下夹着一本书，勤奋刻苦的样子令人愉快；亦或者是一位老人，裹着一块头巾，蓄着稀疏的灰色胡须，双眼疲惫不堪，看上去像一位圣人，出现于中国艺术家所画的岩山风景画里，或是康熙年间烧制的瓷器上；但大多数时候你像是望着一堵砖墙，没有任何判断的依据，关于他们，你一无所知，更无从想象。

然而，当你到达山顶并再次来到雉堞环绕的城墙下，随即穿过那扇令你眉头紧皱的大门，来到墓地。它们延展到了乡下，一英里、两英里、三英里、四英里、五英里……在一座座小山的上上下下，有着无尽无止的长满绿草的坟堆，前面立着一个个灰色的石碑，人们一年过来祭拜一次，并告诉故去的人仍活着的人生活得怎样。那些死了的人也非常的拥挤，就像城中活着的人一样，压迫着仍然健在的人，好像要把他们赶到那浑浊、有着漩涡的江水中去。那些密密麻麻排列着的坟堆仿佛巨大的威胁，在向城市包围，带着一种阴沉沉的冷酷，伺机而动。最后，这种侵占像命运一样不可阻挡，它们将把那些密集的人群驱赶到它们的面前，直到房屋和街道都被坟墓所淹没，同时蔓延至水闸口。接下来，一片寂静，那种寂静将不受打扰地安住在那里。

　　这些绿色的坟堆怪模怪样，令人恐惧。它们似乎在等待。

祭　神

一位老妪，皮肤干瘪的脸上布满深深的皱纹，三支长长的银钗插在她灰白的头发上，挽成了一种奇特的头饰，身穿一套褪了色的蓝色衣裤：一件破旧的、打着补丁的长褂，还有一条刚过小腿的裤子。她赤裸双脚，一只脚的脚踝上戴了只银镯。显而易见，她十分贫穷，不胖的身材很敦实。在她年轻的时候，一定毫不费力就能把重活干完，而她的生命确是如此度过的。

她迈着老妇人那种沉稳的步伐从容地走着，手臂上挎着一个篮子来到了山下的港口，那里挤满了刷好油漆的帆船。她先好奇地盯着一个男人，那男人正站在狭窄的竹筏上用鸬鹚钓鱼，随后，她便开始做自己的事情。她把篮子放到码头岸边的石头上，并从篮中取出一支红色蜡烛，点燃后将其插在了石头的缝隙中。紧接着，她又取出几根香，每一根都拿在手里放在燃烧的火苗上点着，随后把它们插在蜡烛的周围。她取出三只小碗，用随身带来的瓶子往碗里倒满了酒，并把它们规整地摆成一排。随后，她又从篮中取出一卷纸钱和纸做的"鞋子形状"的元宝拆开，如此它们便更容易燃烧。她生了一堆火，当火完全烧起来了的时候，她拿起了三只小碗，把酒泼出去一些倒在正燃烧的香前。她拜了三拜，低声咕哝了一些话，拨动了几下正在烧着的纸钱，火焰烧得更旺了。接着，她把碗里的酒都倒在了石头上，又拜了三拜。

没有人对她有分毫的注意。她又从篮子里取出一些纸钱，把它们扔到火中，随后，毫不迟疑地拿起篮子，又以同样从容、但更为沉重的步伐走了回去。神灵适时地得到了抚慰，她也如法国的农妇般满意地做完了一天的家务活儿，做自己的事情去了。

© 威廉·萨默塞特·毛姆 2017

图书在版编目（ＣＩＰ）数据

映象中国 / (英) 威廉·萨默塞特·毛姆著；(英) 李通和绘；詹红丹译. — 沈阳 :万卷出版公司, 2017.6
ISBN 978-7-5470-4449-0

Ⅰ.①映… Ⅱ.①威… ②李… ③詹… Ⅲ.①游记－作品集－英国－现代 Ⅳ.①I561.65

中国版本图书馆CIP数据核字(2017)第072672号

出 品 人：刘一秀

出版发行：北方联合出版传媒（集团）股份有限公司
　　　　　万卷出版公司
　　　　　（地址：沈阳市和平区十一纬路25号　邮编：110003）
印 刷 者：北京鹏润伟业印刷有限公司
经 销 者：全国新华书店

幅面尺寸：130mm×185mm　　　　装　　帧：精　装
正文印张：7.75　　　　　　　　　插页印张：1
字　　数：140千字　　　　　　　责任编辑：杨春光
出版时间：2017年6月第1版　　　印刷时间：2017年6月第1次印刷
责任校对：杨春晓　　　　　　　 装帧设计：马婧莎
ISBN 978-7-5470-4449-0
定　　价：36.80元

联系电话：024-23284090　　　　邮购热线：024-23284050
传　　真：024-23284521　　　　Ｅ－ｍａｉｌ：book_light@sina.com
腾讯微博：http://t.qq.com/wjcbgs

常年法律顾问：李　福　版权所有　侵权必究　举报电话：024-23284090
如有印装质量问题，请与印刷厂联系。联系电话：010-80270005